CHALEUR POLAIRE

SIMONE BEAUDELAIRE

Traduction par
MARIE-PIER DESHAIES

REMERCIEMENTS

J'aimerais souligner mes amis de The Wolf Pack pour avoir publié l'image qui a inspiré cette histoire, mes lecteurs bêta : Sandra, Lisa, Edwin et Ch'kara, et mon éditrice, Shay. J'aimerais aussi remercier Next Chapter pour avoir pris le matériel brut de cette histoire et l'avoir transformé en un truc lisable.

Cette histoire est dédiée à Sandra Martinez, qui m'a apprise à voir au-delà de ce que mes yeux perçoivent. Muchos gracias.

CHAPITRE 1

*R*ussell « Russ » Tadzea se tenait sur la minuscule passerelle improvisée à côté de l'avion biplace et toisait, incrédule, la femme devant lui. *Femme n'est pas le bon mot. C'est une fille. Une fillette. Ça ne peut pas être l'enseignante.* Dans sa tête, Russ se remémora les enseignantes de maternelle qu'il voyait à la télévision. Elles étaient dans la fleur de l'âge et grassouillettes, entre la tante préférée et la gentille grand-mère qui lisait des histoires. Elles sentaient la cannelle et la menthe poivrée. Cette... créature donnait l'impression qu'une forte brise l'emporterait. Sa chevelure couleur cassonade tourbillonnait autour de ses épaules, s'emmêlait dans la fausse fourrure blanche qui longeait le capuchon de son manteau. De fins gants noirs protégeaient ses doigts du froid de septembre. Pour Russ, des températures dans les dix degrés Celsius étaient agréables, donc il comprit qu'elle n'était pas née en Alaska. La fille croisa son regard. Des piscines d'ambre sombre captèrent son attention, luisant sous le soleil.

- Riley Jenkins ? demanda-t-il, et celle-ci tressaillit tout en hochant la tête. Vous êtes l'enseignante ?

Elle acquiesça à nouveau, mais aucun son n'émergea.

- Avez-vous besoin de lunettes de soleil ? rétorqua-t-il Ce n'est pas parce qu'il fait toujours froid qu'il fait toujours noir. Et j'espère que vous avez de meilleurs gants.

- Oui, monsieur, répondit-elle. J'en sais un peu sur le froid. Mes gants sont dans ma valise. Ce n'est pas si pire en ce moment.

Au moins, sa voix doucement modulée sonnait bien. *Les enfants se rassembleront autour d'elle pour Boucle d'or et Rumpelstiltskin. J'aimerais pouvoir l'entendre.*

Repoussant ces pensées insensées, Russ réalisa qu'il paraissait peut-être un brin sec. Quoique la fille ait répondu sans démonstration d'émotions, ses yeux dégageaient une lueur méfiante et sa lèvre semblait vouloir trembler. *Elle devra s'endurcir si elle veut survivre dans cette région éloignée et désertique.* Néanmoins, il ressentit une pointe de culpabilité devant sa dureté.

- Allez, petite, grommela-t-il, en pointant l'avion.

Elle lui lança un regard soupçonneux, puis se tourna face à lui, un sourcil levé.

- Ouais, c'est sécuritaire, grogna-t-il. Je suis pilote depuis... depuis que j'ai l'âge de conduire une voiture et je connais ce petit avion comme le fond de ma poche. Tout ira bien.

Elle soupira et se dirigea vers le minuscule véhicule ailé. Russell lui ouvrit la portière et la hissa sur le siège passager. Refermant derrière elle, il étudia Golden, en Alaska, la ville qui serait la maison de cette dernière jusqu'à... eh bien, elle ne donnait pas l'impression qu'elle allait rester très longtemps ici. Des maisons et des chalets regroupés autour d'une épicerie, d'un café et d'une petite église. Au fond, hors de vue, quelques boutiques, un petit cinéma et des entreprises locales diverses s'éparpillaient parmi d'autres maisons. L'immeuble de l'école K-12 se tenait à la droite dans une clairière de la forêt dense de conifères. À la gauche se dressait un mur dense d'arbres verts. *C'est bien peu aux yeux d'un étranger, je gage,* pensai-je, même si la petite ville le mettait un peu à cran. Il contourna l'avion, sauta sur le siège conducteur et démarra rapidement l'engin.

- Avez-vous déjà volé dans un petit avion ? lui demanda-t-il.

- Oui, répondit-elle. Une fois, mon père et moi avons voyagé dans un avion tellement petit qu'il n'y avait qu'une hôtesse de l'air.

Il ouvrit la bouche, puis la referma, mais un regard rapide dans sa direction lui révéla l'air suffisant sur son visage.

- Vous me taquinez ? dit-il dans un rire proche d'un grognement. Je devrai peut-être traverser quelques poches d'air en chemin.

Elle ricana.

- J'espère que vous avez de bons nettoyants à vomi... ou un grand sac à vomi. Mais, sérieusement, je n'ai jamais pris un aussi petit avion. Vous êtes sûrs que c'est sécuritaire ? Attendez, oubliez ça. Désolée. Je ne voulais pas douter de vous.

Ses étranges yeux couleur whisky descendirent sur ses genoux, où ses mains se tordaient nerveusement, mutilant ses gants.

Merde, elle a arrêté de sourire. Pendant un instant... Il n'osa pas mettre une image sur le sourire enchanteur de Riley. *Riley... un nom tellement moderne. Ça ne lui va pas du tout. Elle devrait s'appeler Grace ou Elizabeth. Peut-être Charlotte. Un truc avec un peu d'histoire et de classe.*

- Ne vous inquiétez pas, Mlle Jenkins, la rassura-t-il. Beaucoup de gens, même ceux qui aiment les gros avions, ne se sentent pas en sécurité dans un biplace. Je ne le prends pas personnel. Et je ne vous mentirai pas, vous pourriez sentir beaucoup plus que dans un jet commercial, mais ça ne veut pas dire que vous êtes en danger.

- OK, dit-elle. Je vous crois.

Elle le regarda et ses yeux avaient retrouvé leur

étincelle, quoique ses lèvres restèrent pincées. Pas un sourire en vue. Habituellement, quand Russ grognait sur quelqu'un, il n'avait aucune arrière-pensée. C'était sa nature après tout, et, de plus, les Autochtones d'Alaska étaient des durs. Ça prenait plus qu'une voix haut perchée pour les énerver. Riley, il semblerait, était d'une toute autre espèce. Fragile et, en la regardant de près, plutôt sensible. Il voulait en être fâché. Il voulait la voir rentrer chez elle, peu importe où c'était, parce qu'elle n'était clairement pas à sa place en Alaska, encore moins dans une zone tellement éloignée que l'enseignante de maternelle devait enseigner deux jours dans un bâtiment, puis faire un vol d'une heure pour les deux autres jours. *Mais tu n'as pas vraiment envie de penser ça, n'est-ce pas, Tadzea ?* Ce n'était pas le cas, mais il ne savait pas trop pourquoi. Cela dit, c'était avant que son odeur l'enveloppe et réveille ses sens avec un truc indéfinissable. Elle sentait sucrée, épicée et acidulée, comme toutes bonnes choses dans la nature. *Ce n'est pas du parfum. C'est elle.*

Russ soupira. Les femmes fragiles à l'air hanté étaient loin d'être dans ses standards, mais l'odeur de Riley touchait un endroit dans son cœur qu'il ne connaissait même pas. *Je veux qu'elle reste.* Il n'y avait aucune explication rationnelle, mais l'animal en lui faisait plus confiance à l'instant qu'à la raison. Son instinct lui disait que Riley était spéciale, ce qu'il accepta sans question. Seul le temps lui dirait si son intuition avait raison encore une fois, mais, étant donné qu'il la voyagerait de ville en ville deux fois par semaine, ce temps sera facile à trouver.

~

- Et alors, comment ça s'est passé ? demanda Russ quand Riley émergea de l'école.

Elle semblait un peu secouée... *Eh bien, un peu plus*

secouée, rectifia-t-il dans sa tête. *Elle a l'air secoué depuis le début.* Elle le regarda à travers la clôture grillagée qui séparait l'aire de jeux de l'école Lakeville et l'aéroport miniature à côté et il lui indiqua la portière ouverte de l'avion.

Dans un soupir, Riley haussa son sac sur son épaule, referma la fermeture éclair de sa veste et traversa la porte principale. Elle le contourna et prit place sur son siège.

- Aussi bien, hein ? s'enquit-il tout en refermant la portière du côté passager.

Elle attendit qu'il fût assis sur son propre siège et qu'il ait démarré l'avion miniature avant de répondre.

- C'était correct. Est-ce si mauvais de prendre une demi-journée juste pour débuter le cours ?

- Je pense que je serais surpris.

- Eh bien, admit-elle, je suis presque certaine d'avoir vu la mère, le père, les grands-parents et la meilleure amie du cousin de la tante de chaque enfant dans ma classe. J'ai huit élèves dans ma classe et je me suis brûlée plus de fois que ça avec le pistolet à colle chaude à cause de tous les gens qui se pointaient dans ma classe et me faisaient sursauter.

Elle fixa d'un air piteux les marques rouges qui marbraient ses doigts. Cette vue força Russ à refouler l'envie inappropriée d'apaiser ses brûlures de la manière traditionnelle.

- Eh bien, c'est une petite ville. Juste huit enfants dans toute la maternelle ? Pas étonnant qu'ils veulent tous s'assurer que leurs petits sont entre bonnes, quoique légèrement écorchées, mains. Quelqu'un a été en mesure de vous confirmer les jours où vous aurez besoin de moi ? Ils ont dit que vous seriez ici deux jours par semaine, mais quels jours ? Et comment ça marche quand vous enseignez la maternelle ?

Riley soupira à nouveau.

- De ce que j'ai compris, j'aurai besoin que vous

m'ameniez ici les mardis soirs et veniez me reprendre les jeudis soirs. Je travaille ici les mercredis et les jeudis, donc je dormirai ici ces deux soirs. Techniquement, c'est une demi-journée de maternelle, mais ils ont regroupé ces quatre avant-midis ou après-midi en deux jours complets. Je ferai la même chose à Golden les lundis et mardis.

- Avez-vous un endroit pour dormir à Lakeville ? J'imagine qu'il n'y a pas beaucoup de locations par ici. Bon sang, il n'y a presque pas de maisons. J'imagine que vous avez trouvé quelque chose à Golden, étant donné que c'est un peu plus gros.

Il inclina la tête vers l'avant pour acquiescer.

- J'ai un petit appartement à Golden. Adorable, avec un canapé-lit, donc si quelqu'un vient, ils n'auront pas à voir mes draps défaits. Mais la cuisine est bien. Elle contient un four et quatre brûleurs. Bon, trois qui fonctionnent, ce qui est mieux qu'une plaque chauffante. Ils ont même fourni une vieille télé.

- Ça m'a l'air vraiment bien, dit-il, en sachant qu'elle aurait difficilement pu trouver mieux, que ça aurait pu être bien pire.

Pas que son salaire était pourri, simplement les locations n'étaient pas très en demande dans une ville de moins de 10 000 habitants.

- Et Lakeville ? continua-t-il, en se disant : *que feras-tu dans une ville de seulement 750 habitants ?* Est-ce que quelqu'un vous loue une chambre ?

- Ouais, admit-elle dans un soupir, les yeux fixés sur la fenêtre.

En-dessous, le sommet des épinettes et des sapins semblait vouloir les toucher, clairsemé ici et là de rochers sombres qui arboraient des visages de trolls et un lac étincelant à l'occasion.

- Les Carroll ont un fils à l'université d'Anchorage, donc ils me laissent rester chez eux durant la session d'école.

Russell fit une grimace.

- Avez-vous rencontré grand-maman Carroll ?

- Oui, répondit-elle, avec un petit sourire en coin.

- Et ?

- Elle m'a demandé si j'étais un loup-garou, m'a avertie de faire attention aux orignaux et aux ours et que j'avais intérêt à ne pas être une traînée.

Russ se mit à rire.

- Ça sonne comme elle. Elle m'a accusé d'être un loup-garou une fois.

- En êtes-vous un ?

Une autre blague inattendue. Quand Riley abaissait sa garde, son sens de l'humour étincelait comme les rayons du soleil sur l'eau claire. Russ afficha une expression blessée.

- Moi ? Un loup ? Que Dieu nous garde. Je serai le chien de personne.

Sa boutade la fit rigoler et ce son avait la qualité envoûtante à laquelle il s'attendait. Elle reprit.

- Alors, que faites-vous d'autre, Russell ? Attendez-vous toute la semaine l'heure de me voyager d'un endroit à l'autre ?

Il ricana.

- Ça dépend de la saison. L'été, je voyage les touristes au-dessus de la forêt ou je mène des excursions de camping. J'ai des chambres libres chez moi où peuvent dormir les invités. L'hiver, je photographie la nature pour des magazines et des sites d'agences de voyage. Je gère aussi le site web d'une des communautés locales d'Autochtones.

- Un homme à tout faire ?

- Mais expert en rien, rétorqua-t-il, en finissant sa pensée.

Ce n'était pas vrai, mais ça sonnait bien. Et, encore mieux, ça la fit rire. Elle bougea et l'odeur alléchante de Riley l'atteignit encore. *Je pense que je vais aimer voyager cette fille... probablement un peu trop.*

~

Un éclat de lune argentée grimpa à son apogée au moment où Russ sortait nu de son chalet dans les bois. Le froid n'était pas mordant encore et la température n'empêchait jamais son rituel nocturne. Ça le rechargeait et l'énergisait. La lumière filtrait à travers les arbres pour le toucher, réveillant sa bête et le poussant à ranger l'homme et relâcher l'animal. Russ ne fit aucun effort pour résister. Son corps s'étira et s'élargit, doublant et triplant de volume. Sa peau s'épaissit, son museau s'évasa et son nez rétrécit en un cercle noir sur un visage de poils blancs. Il ouvrit sa mâchoire ayant la puissance d'écraser des os et émit un grognement rauque qui remua les bouts des épinettes et des sapins odorants. Se soulevant sur ses pattes arrière, l'ours polaire massif sortit les griffes et gratta l'écorce de son arbre préféré, celui qui affichait déjà plusieurs cicatrices de ses efforts. Puis, il se laissa retomber sur les coussinets noirs de ses pattes et s'élança dans les arbres. La nuit était à lui, pour courir, chasser et jouer.

Russ passa deux heures entières à se défouler à travers les arbres dans le froid qui ne l'affectait plus, avant que son corps ne se fatigue. Tandis qu'il s'enfonçait dans la neige, son esprit animal se gorgea d'images d'une chevelure d'un brun doré dans une douce brise automnale et de yeux couleur whisky au regard hanté qui croisaient les siens avant de les éviter nerveusement. Son homme voulait la protéger, la garder en sécurité du passé qui harcelait son esprit, mais les besoins de son ours étaient un peu plus pragmatiques. Il voulait s'accoupler avec elle.

Quand il pensait à Riley, son ours se levait sur ses pattes arrière et rugissait de frustration, car il savait que développer une relation avec la jeune femme serait un processus lent. Par la suite, il s'accroupit dans une pile d'aiguilles de pin et ferma les yeux, se plongeant profondément dans sa conscience, à l'endroit où l'homme et l'animal existaient ensemble, dans une bataille constante pour la suprématie. Ici, la tension générait de l'énergie pour faire ce qu'un humain ou un ours ne pouvait faire seul. Ici, il pouvait toucher l'esprit des autres. Dans son subconscient, il pouvait voir, aussi clairement qu'avec ses yeux, l'endroit exact où il était assis : un petit creux dans la forêt où la lune argentée le plongeait dans une lumière glaciale. Dans cet endroit, il ressemblait à son côté humain, quoique plus imposant, ses muscles d'animal s'étiraient sa peau humaine. Il utilisa sa conscience pour accomplir un geste qu'il n'avait pas fait depuis des lustres, un qui pourrait lui causer des ennuis si quelqu'un s'objectait. Les étoiles descendirent de la couverture de velours noir qu'était le ciel nocturne et l'approchèrent, des étincelles de lumière telles des lucioles stationnaires. Il tendit la main.

- Viendrez-vous vers moi ? demanda-t-il dans un grognement bas. Partagerez-vous vos rêves avec moi, Riley Jenkins ? C'est votre choix.

Un petit orbe se décrocha et s'approcha prudemment. Il sourit. *Aussi timide dans son sommeil que dans son état éveillé.*

- Vous pouvez refuser, informa-t-il l'orbe. C'est votre choix. Partagerez-vous, Riley ?

L'orbe frémit, puis sauta dans sa main, où il se posa légèrement, chaud et palpitant. La forêt se transforma et se dissout en un éclair vert. À présent, Russ se tenait à l'intérieur d'une petite maison, dans une pièce transformée en bibliothèque. Du bois d'une teinte sombre réchauffait le plancher et des étagères d'un ton complémentaire ornait le plâtre couleur crème des murs. Chaque tablette grognait sous le poids de tomes anciens en cuir que Russ ne pouvait plus lire dans son état confus, quoique l'odeur de cuir donnait envie à la partie animale en lui de grignoter les reliures. Dans un fauteuil bourgogne capitonné, un homme aux cheveux gris clairsemés et aux lunettes à monture d'écaille était assis avec une enfant sur ses genoux. La fillette, qui ne devait pas avoir plus de neuf ans, portait une chemise de nuit rose. Ses cheveux brun pâle étaient remontés en un chignon de ballerine. Ses yeux couleur whisky étudiaient les pages d'un livre déposé devant elle.

- Fin, dit l'homme.

- Papa, demanda la fillette, en remuant pour regarder derrière elle. Pourquoi la fille a trompé Rumpelstiltskin ? Il a fait ce qu'elle voulait. Pourquoi n'a-t-elle pas raconté la vérité au prince dès le début ?

- Si tu réfléchis bien, ma chère, tu trouveras la réponse.

Son petit front se plissa.

- Elle avait peur que le prince se fâche à cause du mensonge de son père. Pourquoi son père a menti sur elle ? Il lui a causé tellement d'ennuis. Il n'aurait pas dû s'en vanter. La façon dont l'histoire est écrite, c'est comme si c'était correct de mentir et tromper pour avoir ce qu'on veut.

- Tu fais plus vieille que ton âge, Riley. Non, je ne suggère pas de retenir des leçons de vie de Rumpelstiltskin, ou d'autres contes de fée, à moins que tu ne considères que ce qu'ils enseignent te semble correct. Cependant, écoute cet avertissement : les menteurs et les trompeurs sont partout. Parfois, les gens honnêtes souffrent à cause d'eux. Dans cette histoire, c'est difficile de trouver une personne sympathique. Ils essaient tous de se manipuler et la créature la plus maligne gagne.

- Est-ce comme ça dans la vraie vie ? demanda Riley et le cœur de Russ se serra en entendant la méfiance blessée qui se reflétait déjà dans son ton.

- Parfois, admit son père.

Il baissa des yeux tristes sur le bras de sa fille. Une ecchymose sombre encerclait le poignet de la fillette comme un bracelet macabre et celle-ci grimaçait de douleur à chaque mouvement.

- Où est Danny ? demanda-t-elle, semblant changer de sujet, quoique l'expression sur leurs visages prouva à Russ que ce n'était pas le cas.

- Il est parti, ma chère, dit son père et la fillette relaxa, ses épaules s'affaissèrent. Il a fait d'horribles choses et, maintenant, il doit payer pour.

- Quand reviendra-t-il ? s'enquit l'enfant, son ton hésitant était déchirant.

- Je ne sais pas. Il pourrait sortir en moins de quelques années, mais il ne sera plus jamais le bienvenu dans cette maison.

Il s'arrêta et ses doigts tâchés d'encre frôlèrent légèrement le poignet de sa fille.

- Je suis désolé, Riley.

Riley ne dit rien. À la place, elle se retourna sur les genoux de son père et jeta ses bras autour de son cou, les épaules tremblantes.

Étonné d'être inclus dans un souvenir aussi intime, Russ se retira... ou il essaya. Le rêve semblait le retenir avec force, pour l'empêcher de sortir, quelque chose qu'il n'avait jamais vécu.

La scène se transforma, l'emmenant avec elle. Un éclair de brun et de marron le dépassa et, soudainement, Russ se retrouva dans un lieu très étrange, aux airs d'une caverne de glace, mais complètement dénuée de texture, chaque bloc parfaitement lisse, avec très peu de traces de fissures. La pièce avait juste assez d'hauteur pour qu'il se tienne debout et sa tête frottait le plafond. Mal à l'aise dans cet endroit confiné, il l'étudia pour trouver une porte, mais aucune en vue. Il était prisonnier d'une bulle de glace blanche. L'ours polaire de Russell grogna de frustration.

Un doux bruit capta son attention vers ses pieds. Riley était recroquevillée sur le sol gelé devant lui, ses genoux ramenés sur sa poitrine. Son visage, dans ce rêve, n'avait que la moitié de la beauté qu'il avait en réalité. Elle semblait ordinaire, vidée et exténuée, et l'odeur de la peur obscurcissait son odeur féminine envoûtante.

- Pourquoi sommes-nous ici ? lui demanda-t-il. Quel est cet endroit ?

- Vous vous êtes invités ici, répondit-elle. Je ne sais pas ce que c'est. Peut-être pourrez-vous me le dire.

- Ça ressemble à une prison. C'est le sentiment que j'ai. Êtes-vous emprisonnée ici, Riley ?

Elle hocha la tête.

- Je ne sais pas comment sortir. Je passe la plupart de mes nuits prisonnière entre le passé et cet igloo et je ne sais pas comment me libérer. Ça m'épuise, Russ ; je ne me repose jamais. Mais pourquoi êtes-vous ici ?

- Vous m'y avez attiré.

- Non, insista-t-elle. Vous êtes venu me chercher. J'ai entendu votre voix m'appeler à travers la glace. Vous vouliez venir.

- Oui, acquiesça-t-il. Parce que vous m'avez attiré. Dès l'instant où je vous ai vue, je l'ai su.

- Su quoi ? Qui êtes-vous ?

Il émit un rire bas et sec, sans humour.

- Vous n'êtes prête pour aucune des réponses.

Elle baissa la tête.

- Après ce rugissement, j'en suis persuadée. Je sais que vous n'êtes pas humain. Peut-être est-ce assez pour l'instant.

- Je ne le suis pas, tout en l'étant. Si vous pouvez en accepter autant, c'est certainement assez pour l'instant. Nous avons le temps, Riley. Du temps ensemble dans mon avion. Nous pouvons discuter et découvrir si et quand vous serez prête à en apprendre plus. Mais j'aimerais vous dire une chose. Quand vous êtes avec moi, peu importe ce qu'il se passe, vous êtes en sécurité.

- Je ne suis jamais en sécurité, répondit-elle, d'une voix sombre et triste, les yeux scotchés sur le sol. Jamais.

- Riley, gronda-t-il, son ours luttait pour reprendre le contrôle.

Elle leva la tête et ces yeux enivrants le capturèrent.

- Je crois être en sécurité de vous, Russ. Vous ne me ferez pas de mal, du moins. Voilà ce que me dicte mon cœur. Mais au dehors...

Elle fit un geste vers les murs lisses de l'igloo. Russ tendit une patte, jurant devant la vue de ses ongles, désormais n'ayant plus la forme carrée d'un homme. De longues griffes courbées se trouvaient au bout de chaque gros doigt. Les yeux de Riley s'écarquillèrent et elle déglutit. *Du temps, Tadzea, Tu dois laisser du temps à l'humaine.*

Quelque chose s'accrocha à sa conscience. De la chaleur. Assez de chaleur pour faire fondre la glace autour d'eux et, pourtant, elle resta solidement gelée.

- Le matin arrive, en informa-t-il la petite trouillarde. Je sens les rayons du soleil. Si je reviens vers vous, me laisserez-vous partager vos rêves ?

- Oui. Cette prison est tellement solitaire. Ça m'aiderait de la partager.

- Alors, je reviendrai, Riley.

Elle hocha la tête. La chaleur s'intensifia, attirant Russ hors de l'igloo de Riley. Il ouvrit les yeux, encore dans sa peau d'ours, étendu dans une clairière près de son chalet éloigné. Même le matin frisquet d'Alaska était chaud sous son épais pelage blanc. Il habitait trop au sud à son goût, sauf l'hiver. Mais il accepta le soleil stoïquement, sachant que la neige était aux portes.

Je me demande comment Riley réagira au froid... Je me demande si elle se rappellera le rêve.

Russell n'en avait aucune idée, sauf qu'il savait que ce serait plus confortable sans la fourrure. Il reprit sa forme humaine et retourna chez lui à travers les arbres dans sa cour pour éviter d'être aperçu nu par sa seule voisine, qui cueillait les dernières courges d'une vigne luxuriante. Il parvint à se faufiler à travers la porte avant de refermer les rideaux. Puis, en sécurité dans son intimité, il s'étira. Quoique plus petit en homme qu'en ours, à sa pleine hauteur, ses mains allongées frottaient les poutres du plafond de son chalet. Il leva les yeux sur la charpente pour apprécier la vue du bois brut en arche. Sa peau cuivrée semblait pâle contre la noirceur et ses gros muscles ressortaient sur chaque membre. *Il y a beaucoup de moi*, pensa-t-il, en jetant un œil aux courbes sculptées de son torse et ses abdos, ses cuisses musclées. Son sexe en érection, après sa rencontre avec Riley dans son rêve, se tenait dur et gros sous les boucles argentées de son pubis. *Je me demande ce que Riley penserait de ça.* Russ, tout sourire, se dirigea vers la salle de bains pour prendre une douche.

~

La maison semblait sculptée dans une petite colline, quoique la colline avait été créée par l'homme. L'herbe recouvrait le toit en terre et seuls quatre piliers rustiques, placés en paires de chaque côté de la porte, supportaient un petit auvent. Russell frappa une fois, puis ouvrit. Une petite pièce avec un feu crépitant l'invita dans une chaleur plaisante. Deux hommes étaient assis dans des fauteuils assortis en cuir. L'un, vieux et vêtu d'une peau de caribou teinte en rouge, jouait avec un collier d'os blancs et rouges. Son visage cuivré était profondément ridé et, pourtant, il dégageait une aura de pouvoir et d'autorité. Il tortillait les perles autour de ses doigts noueux tout en observant Russell et le pigment presque noir de ses yeux avait coulé dans le blanc, laissant des taches brunes irrégulières.

— Père, dit Russell d'une voix basse et respectueuse. Randy.

Il se tourna pour saluer son frère. Comme lui, Randy avait l'air plus jeune qu'il ne l'était. Ses soixante ans se posaient légèrement sur son visage lisse, quoique les trois hommes avaient des cheveux blancs.

- Fils, bienvenue. Ta dernière visite remonte à trop loin, entonna son père d'une voix lente et prudente.

Russell inclina la tête, prenant note de ses paroles.

- Une nouvelle année scolaire commence. Je devais assister à plusieurs réunions. Je suis venu aussi vite que possible.

- Très bien, répondit son père. Tu as toujours été un fils dévoué. Je t'en prie, assieds-toi. Je sens que tu as une requête.

Russell se laissa tomber sur le tapis tissé à la main et brillamment coloré devant le feu.

- Oui, Père. Je... Comment... Je veux dire...

Soudainement, ses mots l'avaient abandonné.

Les deux hommes arborèrent un petit sourire en coin. Russell se rappela les leçons de sa jeunesse. *Les mots sont sacrés. Il ne faut pas les gaspiller. Prends le temps de réfléchir avant d'ouvrir la bouche.* Russell prit un long moment pour réfléchir. Le silence n'était pas à craindre parmi les gens de son père. Finalement, il parla.

- Je pense avoir trouvé ma compagne, mais je ne suis pas certain.

Les yeux de son frère s'écarquillèrent. Même si Randy partageait les mêmes parents que Russell, sa vie était plus humaine et il avait une femme depuis longtemps. Des enfants. Même des petits-enfants.

- Peut-être est-ce une bonne chose, dit son père. Je ne sais pas. Je vois que tu cherches des réponses, mais je ne peux pas les donner. Tu es bien le fils de ta mère. Peut-être devrais-tu contacter ton oncle.

- Ce que vous dites est sage, père, répond Russell en inclinant la tête. Je le ferai.

- Resteras-tu pour le festival ce soir ? demanda Randy. Il nous manque un batteur.

- Je n'ai pas à rentrer à Lakeville avant mardi après-midi, répondit Russell en acquiesçant de la tête.

- Bien, dit Randy.

Russell ne put retenir son sourire devant cette conversation taciturne. Sa vie en ville était remplie de mots, il trouvait toujours cet ajustement difficile lors de ses retours vers le peuple de son père. *Je me demande ce que Riley penserait de ça.*

CHAPITRE 2

Une semaine après sa première rencontre avec Riley, Russ l'attendait à l'extérieur de l'école Lakeville. Il ne l'avait pas revue en personne depuis l'autre jour quand il l'avait conduite à Lakeville, mais, après leur première rencontre, il avait visité ses rêves deux fois. Elle était partante pour le laisser visiter avec elle sa prison de glace dans son sommeil, mais elle ne lui avait montré aucun autre souvenir.

- Riley, dit-il d'une voix bourrue en étudiant sa silhouette mince.

Un truc avait changé dans sa posture. Elle bougeait avec plus d'assurance, et non pas recourbée et nerveuse comme avant. *Deux jours dans cette classe lui avait fait tout ce bien ? Incroyable. Certaines personnes sont nées pour enseigner.*

- Russell.

Elle croisa son regard, puis regarda ailleurs, ce qu'il avait déjà remarqué comme un geste typique de sa part. *Encore gênée, petite Riley ?*

- Tous à bord. Puis-je te tutoyer ?

- Oui, sans problème.

Il ferma la portière et grimpa à ses côtés.

- Comment s'est passée ta semaine ? Déjà prête à courir vers les collines ?

- Je suis déjà dans les collines, l'informa-t-elle pendant que l'avion gagnait en altitude.

Elle pointa par la fenêtre les petits monts, pas tout à fait des montagnes, mais certainement de gros rochers, des montagnes miniatures qui empêchaient les routes d'être construites entre les deux villes et rendaient les services de Russell nécessaires.

- Vrai.

Cette fille était tellement sérieuse, ses tentatives d'humour le surprenaient toujours. Puis, elle retrouva son sérieux.

- Non, Russ. Je suis ici pour rester. Au minimum, j'ai signé un contrat d'un an. Je ne le briserai pas. Et, jusqu'à maintenant, l'enseignement va bien. Bien sûr, c'est la période lune de miel. Les petits de la maternelle peuvent être des pestes parfois.

- Tu parles comme une enseignante expérimentée. Je pensais que c'était ta première classe.

- Non, répondit Riley. J'ai enseigné pendant deux ans. En deuxième année, chez moi.

Elle semblait fixer les rochers et les arbres en bas.

- Et où est-ce ? pressa-t-il en manœuvrant l'avion plus haut au-dessus d'un rocher escarpé au sommet d'une colline.

- Portland, répondit-elle, l'esprit ailleurs.

- Maine ou Oregon ?

- Oregon.

Elle n'écoutait toujours pas avec attention. L'inquiétude irradiait de tout son être. *Pas encore habituée à l'avion, hein, chérie ? Tu t'ajusteras.*

- Pas étonnant que tu sois préparée pour cette température.

- Pardon ?

Maintenant, il avait son attention. *Inquiète à propos de la température.*

- L'Oregon n'est pas aussi froid que l'Alaska, mais

c'est quand même froid. Donc, tu es habituée de vivre en hiver.

- Oh, c'est vrai, dit Riley, en retournant à sa surveillance, les yeux posés sur la fenêtre.

- Hé, Riley ? lança Russell et les battements de cœur s'accélérèrent.

- Mmm ?

- Est-ce que quelqu'un t'a fait visiter Golden ? Te faire faire le tour ?

Riley le regarda du coin de l'œil.

- En quelque sorte. J'ai fait une petite balade avec le directeur.

- Bill l'ennuyant ? Est-ce qu'il t'a endormie ? dit Russ en riant, et elle lui jeta un regard désapprobateur. Je m'excuse, je connais Bill Brewer depuis longtemps. Je ne le vois pas comme un directeur. Je pense au gamin qui s'est enfoncé une gomme dans le nez à cause d'un pari.

Elle ricana, les deux mains sur sa bouche ; ses yeux étincelaient à nouveau.

- Je ne lui dirai pas que tu as ri, ajouta Russ. Tu sais quoi ? Aimerais-tu que je te fasse visiter la ville ? Nous pourrions manger un truc au café.

Ses yeux rieurs reprirent leur sérieux et elle le zieuta, son attention portée principalement sur sa tête. Il l'entendait essayer de deviner le nombre d'années qui les séparait en se demandant ce que les autres penseraient.

- D'accord, Russ. Les soirées sont un peu plates, étant donné que je ne connais personne encore. J'aimerais avoir une personne avec qui discuter.

Russ sourit. *Ce ne sera pas trop difficile.*

~

La prédiction de Russell, que d'apprendre à connaître Riley ne serait pas trop difficile, ne pouvait être plus erronée. La fille pourrait apprendre à une taupe à rester muette. À part le fait qu'elle ait grandi à Portland avec un père célibataire, qui était pasteur et un savant, elle déviait chaque question. C'était comme si elle était née en sachant comment éluder. Même s'il n'aimait pas la dissimulation, Russ ne pouvait qu'admirer sa détermination à ne laisser aucun détail s'échapper. De sa vie en Alaska, elle était un livre ouvert. Du quartier où elle résidait jusqu'à son numéro de téléphone (il l'avait dans la poche de sa veste, en cas d'urgence météorologique), en passant par tous les petits détails de son travail. Russ avait l'impression distincte qu'elle recommençait délibérément à zéro. Essayant de se recréer sans passé. Il était disposé à la laisser faire. Inutile de fouiner, tant qu'elle était prête à parler avec lui. Il allait l'avoir selon ses termes à elle.

Assis au café avec des burgers à l'ancienne, des frites et des flotteurs à la racinette devant eux, il put lui faire face et admirer son joli visage aux yeux d'ambre.

- Étrangement, dit-elle, avec ce petit sourire amusant sur les lèvres, tu ne m'as pas l'air du genre racinette.

- Oh, allez, Riley, tout le monde aime les flotteurs à la racinette. Mais, t'en penses quoi ? Qu'est-ce que je devrais boire ?

Elle plissa les yeux et l'étudia à nouveau. Une fois de plus, ses yeux semblèrent se figer sur sa chevelure blanche.

- J'allais dire de la bière, américaine en fût, mais ce n'est pas vraiment ça. Peut-être... du scotch ? devina-t-elle en haussant les épaules. Je n'en connais pas beaucoup sur les boissons.

- Choix intéressant. En fait, je prendrais bien une bière en fût, mais les belges et les allemandes goûtent meilleures. En fait, je ne suis pas difficile. Par ici, on prend ce qu'on a. Et ce qu'on a, c'est généralement de l'alcool assez fort pour faire monter les larmes aux yeux, même si ça nous réchauffe l'intérieur.

- Mmm, répondit-elle sur un ton énigmatique. C'est intéressant. Donc, t'es un gros buveur.

- Moi ? s'exclama-t-il en haussant les épaules. Non, je suis fait pour ce climat. J'aime le froid. Je bois de temps en temps. Aimerais-tu te joindre à moi pour un verre un jour ?

Riley se mordilla la lèvre.

- Je ne sais pas, Russ. Je...

Il tendit la main et tapota doucement celle de Riley.

- Je sais. Tu viens d'arriver et tu me connais peu encore. Ça va, Riley. Je te laisse un peu de temps. Je te le redemanderai plus tard, quand tu seras installée, d'accord ?

Elle relâcha un soupir qui ressemblait à du soulagement.

- Hé, je reviens tout de suite.

Russ se leva et se dirigea vers la salle de bains. À l'intérieur, il prit un moment pour observer son reflet dans le miroir, en réfléchissant à ce qu'une femme voyait. Un visage bronzé avec des rides aux coins des yeux et des fissures autour de la bouche. Des muscles forts aux épaules et sur le torse. Une taille fine. Des cuisses puissantes et sculptées. Et des cheveux blancs. Entièrement blancs. Oui, en vérité, il était jeune pour être dans la fleur de l'âge, mais la couleur était congénitale.

Devrais-je lui dire ? Est-ce que j'aurais l'air d'une gonzesse ou de supplier ? Il haussa les épaules. Le processus de pensées des femmes, en particulier de cette femme qu'il connaissait à peine, était un mystère et il n'arrivait pas à deviner ce qu'elle aimait ou voulait. *Elle devra m'accepter comme je suis... ou non.* Mal à l'aise avec cette incertitude, Russ abandonna la salle de bains et se traîna jusqu'à la table, en se sentant grognon. Tandis qu'il marchait à travers les tables en bois avec les banquettes en vinyle rouge et les lumières blanches qui ressemblaient à des soucoupes volantes, il remarqua

Barbara qui s'approchait avec le pichet d'eau pour discuter d'un air conspirateur avec Riley. Russ s'approcha, pour écouter sans honte.

- Alors, comment aimes-tu notre petite ville ? s'enquit la serveuse, en lissant ses cheveux dans sa queue de cheval.

- J'aime bien, répondit Riley. Mais ça ne fait qu'une semaine que je suis arrivée.

- Ouais, admit Barbara. Ça prend un peu de temps pour trouver sa place. Je suis déménagée quand j'avais dix ans et, maintenant, je me sens chez moi. Ce sont les gens. Ils sont réservés au début. Ils ne s'occupent que de leurs propres affaires. Mais, une fois qu'on s'est mêlé à un groupe, tout va bien.

- Les opportunités pour rencontrer des gens sont rares, admit Riley.

- Ça prendra du temps, mais ça arrivera. J'espère que tu resteras. Nous avons beaucoup de difficulté à garder les enseignantes de maternelle. Surtout, à mon avis, parce qu'elles sont jeunes comme toi. Il y a peu de jeunes hommes célibataires en ville. La plupart des jeunes quittent le nid après un an ou deux.

Le visage de Riley vira à l'écarlate et Barbara éclata de rire.

- Es-tu tellement gênée à l'*idée* d'aller à un rendez-vous pour en rougir... ou as-tu rencontré quelqu'un déjà ?

Riley marmonna un truc que Russell ne put entendre, même avec ses sens d'animal.

- Que viens-tu de dire ? demanda Barbara.

- Rien, rétorqua rapidement Riley, un peu sèchement. Ça ne fait qu'une semaine. J'ai juste remarqué... Il y a quelques hommes séduisants en ville. J'imagine que la plupart sont mariés, mais... eh bien... le pilote...

- Russell ? Oh bien, dit Barbara en lançant un long regard à Riley. Tu sais, je pense que je sais presque tout à propos de tout le monde en ville. Si Russell est ton choix, ça pourrait être bien pire.

- Il a l'air gentil et tout, commença Riley en clignant des yeux, mais les gens ne trouveront pas ça bizarre qu'il est... plus vieux ?

Les joues de cette dernière semblaient sur le point de prendre feu.

Si je joue bien mes cartes, je pourrais avoir une chance avec elle, après tout.

- Pas vraiment, répondit Barbara. Il n'y a pas beaucoup de choix par ici. La plupart sont juste ravis de trouver une personne décente. Russ est décent... et même plus. Je pense que personne n'y repensera à deux fois à propos de la différence d'âge.

- Je ne fais de promesses à personne, dit rapidement Riley. Je ne le connais que depuis une semaine. Je suis simplement curieuse.

L'ours de Russ rugit de triomphe. *Si Barbara le sait, tout le monde le saura assez vite. Riley sera considérée comme ma petite amie d'ici la fin du mois.*

- Bien sûr, bien sûr, se dépêcha de répondre Barbara.

Elle remplit les verres d'eau au moment où Russ se glissait sur sa chaise. Riley croisa son regard et échappa un petit couinement. Elle passa le reste du repas en silence, à toiser son burger comme si elle pouvait le manger avec ses yeux. Russ la laissa dans son silence. *Ne la presse pas. Reste près. Comme lorsqu'on apprivoise une bête sauvage. Elle réalisera éventuellement qu'elle est en sécurité.*

～

Les pattes d'ours de Russ percevaient le givre sous la terre. Autour de lui, les plantes flétrissaient et s'enroulaient sur elles-mêmes pour survivre au froid. Sous la neige, elles attendraient le printemps. L'automne était la saison dangereuse, l'heure de mourir.

Sans la protection de l'épaisse couverture blanche, plusieurs plantes ne survivaient pas. Ici, dans cette région sauvage, nul ne passait. Aucune canalisation ne traversait cette région aux forêts luxuriantes. Des arbres s'étiraient à perte de vue dans toutes les directions. Il ne s'orientait que grâce à l'odeur et la mémoire musculaire et une pile de roches lui faisait office de sentinelles. Russell leva le nez vers le soleil pâle, à peine visible entre les branches de conifères, et rugit pour annoncer sa présence. Un mugissement répondit à son appel et, en quelques instants, deux énormes ours polaires apparurent entre les arbres. Russell inclina la tête en signe de soumission, refusant tout contact visuel.

Le plus large des ours émit un reniflement de cochon et les deux firent volte-face pour s'éloigner. Il suivit. La forêt se fit plus dense, jusqu'à ce que les ours doivent se mettre en rang, se serrant entre les troncs très rapprochés, puis ils atteignirent une clairière devant une grande caverne naturelle. Les ours se levèrent sur leurs pattes arrière et l'air scintilla autour d'eux. Un homme et une femme se tenaient à présent nus devant Russell, avec des chevelures blanches, mais une peau étonnamment sombre, leurs yeux noirs perçaient sous d'épais sourcils blancs. Russell ne fit aucune tentative pour se transformer. Pas avant que la femme ne pose une main sur sa tête poilue.

- Êtes-vous venu en paix et en confiance ? demanda-t-elle.

Il plongea le museau vers le sol.

- Alors, levez-vous et soyez un homme, Russell Tadzea, entonna-t-elle.

Russell se dressa et reprit sa forme humaine.

- Salutations, dit-il. J'ai apporté un cadeau.

- Nous savons, dit l'homme. Nous vous remercions pour la carcasse de cerf. Des éclaireurs le ramènent pour le souper. Resterez-vous pour partager cette viande avec nous ?

- Avec plaisir, si vous m'accueillez.

Quoique les paroles faisaient partie d'un rituel, Russell les prononça en toute sincérité. Ils sentiraient l'exaspération sur lui.

- Nous vous accueillons, dit la femme. Entrez dans la caverne.

Russell suivit ses escortes. Même s'il avait été élevé ici, une fois qu'un ours quittait la communauté, il devenait un étranger. Chaque visite était une réelle menace à sa vie.

À l'intérieur, aucun feu n'illuminait l'obscurité à l'odeur minérale. Ils n'en avaient nullement besoin. Plusieurs créatures, dont quelques-unes semblaient humaines et d'autres dans leur forme d'ours, étaient étendues sur les aiguilles de pin qui jonchaient le plancher. Un grand homme se leva de toute sa hauteur.

- Neveu, beugla-t-il et sa voix humaine résonna comme le rugissement de son autre forme.

- Mon oncle.

Comme plus tôt, Russell inclina la tête en signe de soumission. L'homme plus large lui donna une tape sur l'épaule.

- Pourquoi es-tu venu ? s'enquit-il.

- J'ai une question à vous poser, répondit Russell. Je pense avoir trouvé ma compagne.

Son oncle éclata de rire.

- Tu es devenu tellement humain. Si tu penses l'avoir trouvée, c'est le cas. Voilà comment ça fonctionne. L'as-tu sentie ?

Russell prit une grande inspiration.

- Son odeur me captive jusqu'à ce que je ne puisse plus penser à autre chose.

- Alors, c'est la bonne. Est-ce que tu l'emmèneras ?

- Le permettrez-vous ? s'enquit Russell. C'est une humaine.

Son oncle cligna des yeux, le visage tordu de consternation.

- Humaine ? Comment est-ce possible ? Fait-elle partie de la famille au village ?

Russell secoua la tête.

- Elle ne vient même pas de l'Alaska. Elle enseigne à l'école de Golden.

Apparemment, c'était plus que ce que son oncle pouvait endurer. L'homme imposant s'affala à genoux dans une expiration qui était à moitié soupir, à moitié reniflement.

- Je n'ai jamais entendu parler d'une telle chose. Et pourtant, ta description de son odeur et de ta réaction envers celle-ci est sans équivoque. Mais pourquoi est-ce que l'Ours des Cieux t'enverrait une humaine ?

- Peut-être qu'elle craint que la lignée grandisse trop étroitement connectée, suggéra Russell. Une infusion de sang de l'extérieur pourrait être bénéfique.

Même si les méta-ours n'étaient pas exactement des généticiens, ils reconnaissaient les dangers de la consanguinité, ce qui expliquait pourquoi, longtemps auparavant, un mélange avec la tribu Autochtone locale avait été permis. À présent, leur nombre, autant pour les deux groupes, avait dangereusement dégringolé.

- Je vois de la logique dans ce que tu dis, déclara l'oncle de Russell. Et, d'ailleurs, tu ne peux rien y faire. Si c'est ta compagne, c'est ta compagne. Revendique-la.

- Je le ferai, répondit Russell, *si elle me veut.*

CHAPITRE 3

Deux mois s'écoulèrent où rien de mémorable ne marqua les esprits. Deux fois par semaine, Russ voyageait Riley d'un endroit à l'autre et, durant ces moments, ils discutaient, passant lentement de connaissances à amis. Elle restait réservée et timide, révélant bien peu à propos de sa vie ou de son passé, mais l'attente ne le surprit pas et ne l'irrita pas. Avec la nervosité de Riley, la patience était la clé. Le soir, c'était une histoire différente. Plusieurs fois, il avait approché ses rêves et passé une nuit inconfortable prisonnier de sa prison de glace avec elle. Elle ne parlait presque pas, mais ça ne le dérangeait pas. Être près d'elle lui suffisait.

Le mercredi avant l'Action de grâces, Russ fit un truc auquel il n'avait jamais réfléchi. Il entra dans la salle de classe de Riley. À l'intérieur, le chaos régnait.

- Carl, ne pense même pas sortir dehors sans ton manteau, dit Riley sèchement, et un garçon à la peau cuivrée se figea sur place, devant la porte d'entrée.

Remarquant le regard rebelle du petit garçon, Russ l'attrapa par l'épaule et le fit pivoter, avant de le pousser gentiment vers son enseignante, qui tenait un manteau vert à l'effigie des Ninja Turtles. Les yeux de Riley s'écarquillèrent ; elle leva les yeux au-delà de la hauteur des petits de la maternelle et s'étira le cou sur le mètre quatre-vingt-dix-huit de Russell Tadzea.

- Pourquoi es-tu ici ? demanda-t-elle tout en enfilant mécaniquement le manteau sur l'enfant boudeur et zippant la fermeture éclair.

Le petit courut jusqu'à la porte où une surveillante l'escorta jusqu'à l'extérieur pour le départ.

- Une tempête de neige approche, répondit-il. Si tu ne rentres pas immédiatement, tu seras pris ici pendant une semaine.

Riley fit la grimace. Il savait qu'ici, dans l'endroit le plus éloigné des deux, elle dormait dans la chambre d'un sous-sol familial. C'était pas si mal pour deux soirs par semaine, mais pas très amusant à long terme. Surtout quand un des membres de la maisonnée était une grand-mère à moitié sourde et grincheuse qui criait toute la nuit. Riley paraissait toujours exténuée quand il venait la chercher les jeudis.

- Je sais, dit-elle, en prenant une enfant par la main, une petite fille avec deux longues tresses noires cette fois, pour l'enfoncer dans un mini caban bleu marin.

La fillette enfila un chapeau avec des oreilles de chat avant de se précipiter dans le couloir pour attendre.

- Dépêche-toi, la pressa Russ. Nous n'avons pas beaucoup de temps. Souviens-toi, il nous reste une heure de vol entre ici et là-bas.

- Je sais, répliqua-t-elle, en emmitouflant un troisième gamin. Damien, je t'ai déjà dit de ne pas faire ça.

À l'autre bout de la pièce, un petit blond se figea, une main contre le mur peint en jaune, où il avait l'air de voler une décoration en forme de la lettre B, recouverte de papillons.

- Viens chercher ton manteau.

Le petit avança vers elle et accepta de revêtir son manteau. Russ en profita pour étudier la pièce. Il restait quatre gamins, se pressant sans but, pendant qu'ils attendaient l'aide pour s'habiller. La pièce en elle-même possédait une brillance suffocante, du moins pour ses sens ursins. Trop de couleur. Trop de motifs. Submergé, il se tourna rapidement vers Riley. Elle avait relâché le petit vandale et passé au suivant. Le voleur sembla avancer dans la mauvaise direction, donc Russ posa une main sur le petit dos et le poussa vers la porte.

Elle doit se dépêcher. Il attrapa un coton ouaté à capuchon mince et rose, avec une licorne sur le devant. *Loin d'être assez chaud. C'est proche du point de congélation dehors.*

- Qui porte ça ? s'enquit-il.

Une fille aux cheveux noirs, avec une coupe à la Dora l'exploratrice, s'approcha lentement, clairement intimidée par sa hauteur. Il ne prit pas le temps de la rassurer avant de l'enfoncer dans la veste et la diriger vers la porte au moment où Riley terminait avec le dernier.

- Allez, exhorta-t-il.

Elle secoua la tête.

- Je dois m'assurer qu'ils quittent tous en sécurité.

- Non, grogna-t-il, incapable de retenir un brin de son rugissement exaspéré et Riley leva la tête d'un coup. Ces enfants vivent ici. Ils ont une heure pour traverser la ville. Tu dois quitter maintenant.

- Ce ne sont que des bébés. Je dois m'assurer qu'ils sont en sécurité.

Elle sortit de la pièce obstinément et accompagna les enfants dehors.

Petite idiote, pensa Russ. *Elle n'a même pas mis son propre manteau.* Il attrapa son manteau beige par le capuchon en fausse fourrure avant de la suivre.

Dehors, une cacophonie de klaxons, probablement une dizaine, et de moteurs vrombissants se mélangeaient avec les voix adultes et juvéniles. Riley et la surveillante, une femme âgée Autochtone à l'évidence, se tenaient près de la directrice, à orienter les enfants vers les voitures et les parents regroupés qui étaient arrivés à pied.

- Dr Wolf, dit-il, en attirant l'attention de la directrice vers lui.

- Oui, M. Tadzea ? répondit-elle, un sourcil noir haussé.

- Mlle Jenkins doit partir immédiatement. Elle a un long voyage à faire. Est-ce que son aide connaît tous les enfants ?

- Tout le monde connaît tous les enfants, répondit Dr Wolf.

- Donc, est-ce qu'elle peut partir ? Je n'ai pas envie de me retrouver au milieu de la tempête.

- Oui, bien sûr, répondit-elle en hochant la tête. Mlle Jenkins, sortez d'ici pendant que vous le pouvez. Nous nous verrons mercredi prochain.

- D'accord, merci, Dr Wolf, approuva Riley.

- Oh, Mlle Jenkins, ajouta Russ.

- Oui ?

Leurs regards se croisèrent. Il tendit son manteau avec un petit sourire ironique. Elle rougit et attrapa le vêtement avant de retourner dans l'immeuble. Il courut derrière elle.

- Quoi, encore ? cria-t-il et sa voix résonna entre les murs de béton et le plancher de tuiles.

- Mon sac à main, répondit-elle.

Oh, seigneur, les femmes et leur sac à main. Pourquoi ne peuvent-elles pas juste mettre un porte-feuilles dans leurs pantalons ? Levant les yeux au ciel, Russell attendit devant la porte de la classe pendant que Riley attrapait son sac à main dans le tiroir de son bureau et déposait la carte d'identité qu'elle portait autour du cou sur le dessus du meuble.

Dès qu'elle se tourna dans sa direction, il passa son bras autour de sa taille et l'attira vers la porte. Le bâtiment de l'école n'était pas en ville, mais plutôt à un peu moins d'un demi-kilomètre plus loin, pour rendre possible un agrandissement. La piste d'atterrissage miniature se tenait à côté de l'école, séparées par une clôture grillagée. *Si j'étais un ours en ce moment, je l'arracherais*, se dit-il, mais il ne pouvait pas faire ça devant tous ces enfants et, malgré le fait qu'il partageait les rêves de Riley, il n'était pas certain qu'elle était prête non plus. Jurant à chaque pas, il la conduisit de l'autre côté de la clôture et la poussa carrément à travers l'ouverture de l'avion. Il osa enfin utiliser sa vitesse surhumaine pour contourner le véhicule jusqu'au côté conducteur et se hisser sur son siège. Un rapide ajustement des outils et les voilà en route, sur la piste et dans le ciel.

Une fois que le nez de l'avion fit face à leur destination, il se tourna vers Riley. Elle le dévisageait avec de grands yeux ébahis.

- Ça va ? demanda-t-il d'un ton bourru, avant de retourner son attention sur l'horizon.

Au-devant, le ciel prenait une couleur très sombre.

- La tempête devait commencer à quatorze trente. Voilà pourquoi les enfants sont partis de l'école à treize heures. Il aurait dû rester assez de temps. Il n'est que treize heures quinze, Russ. Ce sera serré, mais on devrait y arriver.

Il secoua la tête.

- La météo a changé. Je viens de recevoir le message. La tempête arrivera plus tôt que prévu, mais ils ne savent pas quand. Le vent est levé et il pousse les nuages de ce côté. De plus, on est proche du point de congélation. Pas de neige, pas tout de suite. Ça sera pour plus tard. Ce sera de la pluie verglaçante. Beaucoup.

Riley resta silencieuse. Manifestement, elle savait ce que ça voulait dire. Il l'observa du coin de sa vision périphérique et elle tourna lentement la tête pour étudier le ciel au-dessus d'eux.

- Y arriverons-nous ? demanda-t-elle finalement.

- J'en doute.

- Je m'excuse.

Il se tourna et vit qu'elle avait baissé les yeux sur ses genoux. *Elle le fait souvent.* Il plaça sa main sur la sienne, posée sur sa cuisse. Sa tête se releva d'un coup et elle tourna un regard étonné vers lui. La brûlure de ses larmes était tout aussi grisante que la brûlure de l'alcool que ses yeux rappelaient.

- Tout ira bien, Riley. Tu es en sécurité avec moi, tu te souviens ? Ce vieil ours a plus d'un tour dans son sac. On va s'en sortir.

Riley semblait figée. Ses cuisses sous la main de Russ paraissaient être faites de contre-plaqué, mais ses doigts remuèrent et elle retourna sa main pour serrer la sienne.

- Ours ? s'enquit-elle et la question avait un petit côté piquant.

- C'est une façon de parler.

Elle ne dit rien. En silence, ils volèrent vers le sud, en direction de chez elle, en direction de l'appartement douillet qu'elle louait. Comment l'avait-elle décrit ? Un appartement d'une pièce avec une jolie cuisine et une buanderie au sous-sol. Bien plus proche d'une maison que ce qu'elle partageait avec la famille Carroll. Il ne l'avait jamais vu, mais Riley avait un don avec les mots, même par-dessus le bourdonnement du moteur de l'avion, et elle avait donné vie à cet endroit dans la tête de Russ. *J'espère pouvoir l'y ramener, mais, sinon, mon chalet est à moitié chemin entre les deux villes. On pourra atterrir dans le jardin à côté. Mme Tomei aura envie de me tuer pour avoir écrasé ses plants de courges, mais la saison est terminée. Je l'aiderai à en planter plus l'an prochain.*

Russ concentra toute son attention sur les contrôles de l'avion, même si ce n'était pas nécessaire, juste pour éloigner son esprit des gros nuages noirs qui tourbillonnaient à l'horizon. Ils couraient dans leur direction et cela le rendait un peu plus nerveux.

Au-devant, une colline rocailleuse et haute, pas tout

à fait une montagne, se profilait dans l'obscurité grandissante. *Si je peux dépasser ça, je pourrais réussir à la ramener chez elle, pensa-t-il,* en poussant le petit avion à avancer plus vite... *plus vite* que la tempête. Puis vint le son qu'il redoutait. Au début, le martèlement de la pluie sur l'extérieur. Ensuite, le bruit d'éclaboussement quand les gouttes gelèrent dans le ciel. Et enfin, les minuscules grêlons pinçant partout autour d'eux.

L'avion s'alourdit sous la pluie verglaçante qui le recouvrait et les propulseurs n'aimaient pas tourner avec une grosse couche de glace. Avec la colline au loin, il ne pouvait risquer de continuer de voler. Ils se crasheraient manifestement au sommet, puis se trouveraient exposés, très éloignés de tout refuge. *Qu'est-ce que je sais à propos de cette colline ? Comment peut-elle nous aider ?*

Juste devant, les arbres s'amincissaient en un pré de forme irrégulière. *Je peux atterrir. Dans le pire scénario, nous restons dans l'avion jusqu'à ce que la pluie verglaçante cesse. Ensuite, nous devrions pouvoir atteindre mon chalet.* Ce qu'il n'avait pas dit à Riley, et il n'était pas certain qu'elle le sache, c'était qu'un blizzard talonnait la tempête de glace et il les bombarderait très bientôt. Leur fenêtre pour se relocaliser loin de cette température serait encore plus courte que celle après laquelle il courait pour l'emmener ici, mais, au moins, il avait un plan de rechange à toute épreuve.

- Riley, j'ai besoin d'atterrir ici. Il y a trop de glace sur l'avion. Mais ne panique pas, nous atterrissons, ce n'est pas un crash.

- D'accord, Russ, acquiesça-t-elle. Je te fais confiance.

Elle lui prit la main et serra doucement. Il serra en retour avant de reposer le membre froid de Riley sur sa cuisse pour prendre les contrôles.

Avec autant de finesse qu'il pouvait avec les propulseurs et un gouvernail à moitié gelés, il orienta l'avion vers le pré. Riley serra très fort ses mains et ses lèvres remuaient, quoiqu'aucun son n'émergeait. Russ avait l'impression distincte qu'elle priait. L'avion résista et trembla au moment où ils changèrent d'altitude, mais il garda sa vitesse et sa trajectoire. *Presque. Je peux réussir.* Le désastre frappa sans qu'il ne le voie venir. La branche lourde d'un arbre, hors de sa vision périphérique, s'écrasa en angle à travers le pare-brise, ratant de près son bras au moment où elle s'embrochait profondément dans le siège à côté de lui. Sa poigne se relâcha, créant un rebond massif, et la chute qui en résulta cassa la branche et la laissa coincée comme un clandestin dans l'habitacle.

Tristement, Russ s'accrocha. Le vent et la pluie sifflaient à travers le verre fracassé. Ses lèvres s'engourdissaient, sans mentionner ses doigts, déjà à moitié gelés, avec ou sans gant. Il prit chaque dernière once de sa force et sa concentration pour suivre la trajectoire vers le bas et diriger l'avion vers le sol dans un angle sécuritaire. Deux rebonds disgracieux les stoppèrent directement au pied de la colline de roches.

Dans un long soupir, Russ s'affala contre son siège. *C'était moins une.* Son cœur battait la chamade et son ours menaçait de se réveiller en lui. Il rabattit la bête. La fourrure serait la bienvenue dans ce froid, mais se transformer dans l'habitacle ne serait pas judicieux. *Et tu effrayerais Riley à mort.* Riley. Il avait presque oublié qu'elle était assise à côté de lui. Il pivota pour l'évaluer. Aucune blessure, à l'évidence, mais elle avait l'air sous le choc et ses lèvres arboraient une teinte bleutée dérangeante.

Russ observa les alentours. Avec ce pare-brise cassé, l'avion ne fournissait plus aucun refuge. Cependant, un renfoncement sombre dans le rocher devant lui suscita un souvenir vague.

- Reste ici, exhorta-t-il. Je reviens tout de suite.

La glace l'atteignit à la nuque et trouva son chemin dans le cuir de son veston pour taquiner sa peau de ses des gouttelettes glaciales. À nouveau, il se languit de son manteau de fourrure, mais ce n'était pas le moment. Comme il l'espérait, le creux formait une caverne peu profonde. Quelques chauves-souris, mais la seule grosse créature était dans une cavité profonde, léthargique et presque endormie. Russ envoya un message au grizzly. *Nous sommes ici en tant qu'amis, mon frère. Nous ne dérangerons pas ton repos. Laisse-nous seulement nous cacher sur le bord de la caverne pendant une heure et nous repartirons.*

L'ours grogna un court accord endormi. Satisfait, Russ retourna à l'avion, du côté de Riley, cette fois.

- Allez, la pressa-t-il en cognant à la fenêtre. Tu dois te cacher du vent.

Elle ne bougea pas. Même ses tremblements avaient cessé.

- Merde, Riley, sors de là avant de geler !

Rien.

Il ouvrit la porte et souleva Riley dans ses bras. Elle changea à peine de position, comme si elle était réellement congelée. *Il faut se dépêcher. C'est pas l'heure d'être timide.* Russ enclencha sa vitesse surhumaine et courut sur le sol glissant et inégal, content que ce soit de l'herbe et des galets au lieu d'un pavé glissant. Il y avait juste assez de traction pour garder ses espadrilles stables. La pluie tombait plus fort et obscurcissait partiellement sa vision, mais ses sens aiguisés d'animal ne se laissèrent pas troubler et il pénétra dans la caverne avec un soupir.

Russ déposa Riley sur le sol. Elle resta immobile, recroquevillée en position fœtale, les mains enfoncées sous l'aisselle opposée. *Elle est trop froide. Je ne veux pas risquer l'hypothermie. Je dois l'avertir sur-le-champ... mais comment ?* Un seul moyen se présenta. *Voyons voir à quel point cette fille est vraiment brave.*

Rapidement, Russ retira le manteau de Riley ainsi que les gants sur ses doigts pliés. Le cuir épais et l'idée rapide de Riley de les cacher voulaient dire aucun signe d'engelure, quoique la peau était froide et rouge. Ensuite, il jeta ses chaussures dans le coin. *Elle ne peut préserver sa chaleur corporelle à moins de pouvoir en capturer. Je vais lui donner la mienne.*

- Riley, mon amour, puis-tu m'entendre ? Écoute, peu importe ce que tu entends ou vois, tu es encore en sécurité. Je ne te ferai jamais de mal. Je vais te réchauffer.

Russ se recula tout en restant dans la ligne de mire de Riley et se déshabilla, en prenant soin de ses vêtements ; il en aurait besoin plus tard. Vint ensuite sa transformation, sa chair s'étira et son corps s'allongea, jusqu'à ce qu'un ours sauvage se tienne devant la jeune femme allongée. Elle ne réagit aucunement, alors Russ s'affala à genoux et se blottit contre elle, la nichant profondément dans son pelage pour que sa chaleur corporelle l'atteigne. Ensuite, avec rien d'autre à faire, Russ ferma les yeux.

～

Il avait envahi le rêve à partir du même endroit tellement de fois que lorsqu'il ouvrit ses yeux et aperçut la caverne du grizzly, il sursauta. Était-il désorienté parce que ce n'était pas la nuit ou à cause de l'adrénaline, il ne le savait pas. Il avait l'impression de s'être battu. Puis, alors qu'il regardait les murs de roches ternes, il se souvint. *La tempête de glace. L'avion. Riley... Où est Riley ?*

À l'intérieur de la caverne, il ne voyait pas d'étoiles, pas d'âmes attendant d'être rejointes dans le sommeil. Mais il voyait sa silhouette, étendue sur le côté, recroquevillé dans un gros truc blanc. *Moi,* se dit-il en souriant.

- Riley, es-tu là ?

Le corps devant lui se mit à luire et la lueur devint

une étincelle, qui s'éleva et flotta devant son visage. Il tendit la main, ébloui. Choisir d'entrer dans le rêve à partir d'un état d'éveil était un don rare et, à part lui, il ne connaissait que quelques Guérisseurs qui en avaient la capacité. Riley en rêve était posée dans sa paume et la caverne s'éloigna, le laissant à l'intérieur de leur igloo perpétuel, où elle était assise à ses pieds.

Cette fois, Russ utilisa son avantage ; il se laissa tomber au sol et l'attira sur ses genoux. Elle ne lutta pas.

- Est-ce que ça va ? demanda-t-il en passant ses doigts le long de son dos.

- Oui, répondit-elle, toujours plus confiante quand elle n'était pas réveillée.

- Oh, bien. J'étais inquiet quand tu ne répondais pas.

- Je pense que mes lèvres sont gelées, répondit-elle dans un petit rire sec, puis elle baissa les yeux. Merci de m'avoir sauvée.

- Bien sûr. Je t'ai dit que tu serais en sécurité avec moi. Je te le promets.

- C'est moi qui t'aie mis en danger. Je m'excuse, Russ.

- Hé, fit-il pour rejeter son excuse.

Il souleva son menton d'un doigt pour la regarder dans les yeux.

- Ça va, Riley. Les quinze minutes supplémentaires que tu as passées à préparer les enfants ne nous auraient pas permis d'atteindre Golden. Cette tempête de glace avançait plus vite que dans toutes les prédictions. C'était inévitable. La seule question était de savoir où on allait atterrir. On aurait dû rester à Lakeville.

- Pourquoi est-ce qu'on ne l'a pas fait ? demanda-t-elle, sans pointe de sarcasme, une question sincère.

- Je pense que je ne réfléchissais pas clairement. Comme j'ai dit, la tempête avançait plus vite que prévu. Je pensais avoir le temps de me rendre à Golden, ou, du moins, de m'en rapprocher. Je ne sais pas si tu étais au courant, mais, derrière ce mélange hivernal, un blizzard se prépare. Je pense que les deux villes seront ensevelies sous la neige d'ici à la fin du week-end de l'Action de grâces. J'imaginais que tu préfèrerais ne pas passer tout ce temps avec grand-mère Carroll.

Le fantôme d'un sourire flotta sur ses traits. Elle souriait si rarement, comme si le poids de ce qui retenait son subconscient prisonnier dans cette prison gelée rendait un sourire trop difficile à supporter. Pourtant, quand il réussissait à provoquer un sourire, ça transformait son visage déjà joli en quelque chose d'irrésistible. *Je ne pourrai plus me contrôler très longtemps avec elle. J'espère qu'elle sera prête quand le moment sera venu.*

- Donc, Russ. Ai-je vu ce que je pense avoir vu ou est-ce que je rêvais ?

Le contrôle de celui-ci prit une autre raclée et une étincelle de malice s'alluma dans ses yeux.

- Je ne sais pas, tergiversa-t-il. Que penses-tu avoir vu ?

- Je pense que j'ai vu mon ami Russell Tadzea se déshabiller devant moi... et se transformer en ours.

Russell inspira profondément.

- Tu n'as pas tort. Tu ne rêvais pas. Peux-tu accepter ça ?

- Ici, je peux. Je sais que je rêve. Je peux prétendre que les métamorphes ne sont que des fragments de l'imagination d'une fille solitaire.

- Penses-tu que c'est vraiment nécessaire de prétendre ça ? Je veux t'avouer la vérité depuis un bon bout de temps. Pour que tu voies qui je suis réellement.

- Pourquoi ?

- Tu sais pourquoi, Riley.

La main de Russ s'attardait sur son visage, donc ce fut facile de soulever son menton et baisser ses lèvres vers les siennes.

Riley inhala vivement à travers son nez. Quoique

c'était techniquement un rêve, elle pourrait sentir la sensation comme si c'était réel.

Il garda l'ambiance légère et douce, quoique sa bête le pressait de l'étendre sur le sol bien trop parfait de la caverne de glace pour la faire sienne. *Il ne faut pas pousser trop fort. Je ne peux pas lui faire peur si je veux qu'elle soit à moi.* Et c'est ce qu'il voulait. Donc, pour apaiser ses nerfs toujours tendus, il cessa rapidement le contact. Son ours grogna pour protester.

Les yeux de Riley étaient si gros qu'elle ressemblait à un hibou. Ses doigts frottèrent ses lèvres, incrédule.

- Russ ?

- Je te désire, Riley, dit-il, d'une voix proche d'un grognement, contre sa volonté.

- Tu... tu me... désires ? Comment est-ce possible ? Qu'est-ce que tu veux dire, Russ ? Tu veux faire quoi avec moi ?

- Tout, répondit-il, tandis que la bête le poussait à lui montrer et qu'il dut la refouler au fond de lui, déjà en pleine lutte pour communiquer de façon cohérente. Il y a un truc entre nous, Riley. Tu dois le savoir. Dis-moi que tu le ressens aussi.

Il savait qu'elle le ressentait. Il sentait son excitation, sentait la hausse de chaleur chaque fois qu'il s'approchait d'elle. Ses narines s'évasaient en sa présence. Ses yeux s'écarquillaient. Pour faire court, chaque signe d'attention chez une femelle humaine se manifestait en Riley chaque fois qu'il était proche. Il savait qu'elle le désirait. Ce qu'il ne savait pas, et qu'il devait apprendre, c'était si elle l'avait réalisé.

- Je le sens, admit-elle, en brisant le contact visuel comme il s'y attendait, mais elle releva soudainement la tête. Russ, est-ce que ces rêves sont réels ?

- Ce sont des rêves. Cet endroit n'existe pas. C'est une projection de ton esprit.

Les épaules de Riley s'affaissèrent, à l'évidence de

déception. *Ah, elle n'aime pas que ce ne soit pas réel.* Il continua d'expliquer.

- Mais je suis vraiment ici, ou, du moins, ma conscience l'est.

Elle se raidit, le souffle coupé.

- Donc, tu te rappelles ces conversations ? Elles ne sont pas seulement dans ma tête ?

- Elles sont dans ta tête, Riley. Et oui, je m'en rappelle.

Riley glissa de ses genoux et s'éloigna de lui pour se recroqueviller en boule dans le coin de sa prison. Il approcha lentement et posa une doucement main sur son épaule. Riley secoua la tête.

- Tout ce temps, je pensais qu'un truc clochait avec moi, le fait que je continue de te retrouver ici. Comment peux-tu ressentir quoi que ce soit pour moi ? Tu es séduisant, mature et confiant. Je ne suis rien d'autre qu'une petite souris.

- C'est faux, insista Russ. Tu as beaucoup de peur, surtout dans le monde physique. Crois-moi, je l'ai remarqué, mais tu es bien plus que tes peurs. Une femme brillante, drôle et fascinante se cache en-dessous. Une femme que j'ai envie d'apprendre à connaître. Et... encore plus.

Russ connaissait les mots que les humains utilisaient pour décrire les relations. Petite amie. Copain. Couple. Aucun n'avait de sens à ses yeux. Il la voulait pour compagne, mais il savait qu'elle n'était pas prête.

Quand Riley le regarda par-dessus son épaule, des larmes luisaient aux coins de ses yeux. La vue le consuma intensément de l'intérieur et le corps de son ours s'excita sur le sol de la caverne.

- Est-ce que tu le penses vraiment ?

Il hocha la tête.

- Russell, tu me jures que cette conversation est réelle, que tu es vraiment près et que tu t'en souviendras quand tu te réveilleras ?

Elle l'attrapa par l'épaule et ses doigts étaient tièdes, non, chauds. Elle le brûlait presque de son toucher délicat.

- Oui, Riley. Je m'en souviendrai.

- Alors, avise-moi quand on sera réveillé. Je veux savoir que c'est réel.

Il hocha la tête. Ce qu'elle disait était logique. *Souviens-toi qu'elle est humaine, Russ. Elle avait été entraînée pour douter de ses sentiments. Cette fille encore plus, à mon avis.*

- Parfait. On attendra que la tempête se calme et, après, on ira chez moi. Ce n'est pas loin d'ici. On pourra parler.

Riley hocha la tête.

- D'accord. Donc, qu'allons-nous faire entre-temps et sauras-tu quand ce sera le temps de bouger ?

- Bien sûr. Mon ours est assez sensible à la température. Aimerais-tu te réveiller, maintenant ?

Elle secoua la tête.

- Je ne sens pas le froid ici.

- Tu ne le sentiras pas une fois réveillée, non plus. Tu es présentement blottie dans le pelage d'un ours polaire. Il ne peut pas faire plus chaud que ça.

Elle se tourna pour lui faire face et il vit que ses lèvres s'étaient retroussées en une expression étrange.

- Quel est ce regard ? demanda-t-il.

- As-tu une idée à quel point ça sonne étrange ? rétorqua-t-elle. Si une personne est blottie contre un ours polaire, elle finira probablement en repas.

Il ne se donna pas la peine de lui expliquer que les ours ne mangent pas les gens, qu'ils sont bien peu territoriaux et agressifs. Elle le savait et ne faisait qu'une blague. *Au moins, elle pouvait en rire.*

- Riley, dit-il, en changeant de sujet, j'ai besoin de savoir quelque chose. Pourquoi sommes-nous ici ?

Il indiqua la caverne autour d'eux, puis il la surprit à fixer ses griffes. *J'aimerais bien que ces maudites griffes ne sortent pas à chaque fois que j'entre dans le rêve.* Il reprit le contrôle et les obligea à se rétracter dans ses doigts.

- Au début, je pensais que c'était une prison, que tu étais prisonnière de la glace, mais ce n'est pas ça, n'est-ce pas ?

Elle secoua lentement la tête.

- Ce n'est pas pour m'empêcher de sortir. C'est pour tout garder à l'extérieur.

Elle déglutit et ses lèvres tremblèrent.

- Je ne voulais pas te pousser à partager plus que ce qui te met à l'aise, mais ce n'est pas sain, Riley. Qu'essaies-tu de retenir à l'extérieur ? De quels souvenirs te protèges-tu ? Tu sembles... Tes réactions donnent l'impression... que tu as été agressée. Est-ce que quelqu'un t'a fait du mal ? Un amant, peut-être ?

Elle se mit à rire, d'un ricanement dénué d'humour.

- Non. Aucun amant. Mon frère. Il m'a blessée presque chaque jour de mon enfance. Et, maintenant, il me hante, même s'il ne sait pas où je suis.

- Je pense que je veux en apprendre plus sur ton frère.

- Pourquoi ? Je ne veux pas te parler de lui. C'est du passé. Je veux oublier.

- Riley, mon amour, dit-il gentiment, en caressant sa joue avec ses gros doigts rugueux. Si tu ne peux même pas faire face à tes propres rêves, ça t'affecte encore. Si tu veux repartir à zéro, tu dois commencer à laisser le passé derrière toi. Ça veut probablement dire qu'il faut en parler pour libérer la douleur, plutôt que la refouler à l'intérieur.

- Es-tu un thérapeute ? Es-tu qualifié pour pratiquer une chirurgie sur mon âme ?

Chirurgie. Bien sûr ! L'ours en Russ se réveilla et il lui permit de prendre le contrôle d'un seul bras. De longues griffes sortirent de ses doigts, sa main se transformait rapidement en une patte blanche avec des coussinets noirs. Russ prit pour cible le mur de l'igloo, le déchirant.

La structure fragile se fracassa et les laissa dans la cour d'une maison dans laquelle il avait déjà vu Riley avec son père. Un garçon grand et mince, en pleine adolescence, retenait une fille plus petite, les bras serrés derrière son dos. Elle luttait et pleurnichait, suppliant par de petits gémissements sans mots alors qu'un garçon plus grand et plus large que celui qui la retenait s'avançait.

- Danny, non, sanglota-t-elle. Je t'en prie.

Le garçon passa ses doigts à travers sa chevelure de boucles noirs et posa ses étranges yeux glacials sur l'enfant. Ses lèvres pleines se tordirent en un sourire diabolique. Il émit un rire bas et menaçant, puis il serra le poing et l'enfonça dans le ventre de la fillette. Le souffle coupé, elle échappa un halètement faible en essayant de retrouver son air, mais sans succès. Le garçon rit à nouveau et, cette fois, le son contenait une touche de sauvagerie maniaque. Il la frappa encore. Et encore.

Russ fixa, incrédule.

- Riley, quoi ?

- Mon frère, Danny. Ou plutôt, mon demi-frère. Mon père a marié sa mère, notre mère, quand il avait huit ans. Je suis née un an plus tard.

Russ déglutit et tourna le dos à cette agression. Riley le dévisageait de ses yeux hantés.

- Est-ce que c'est vraiment arrivé ? demanda-t-il.

Elle hocha la tête.

- Pourquoi ?

Elle haussa les épaules.

- J'avais sept ans. Qu'est-ce que j'en savais ? Je n'ai jamais su pourquoi. Je pense qu'il... aimait ça.

- Qu'espérait-il accomplir ?

- Cette fois-là, me faire vomir. C'était un de ces jeux favoris. Je restais aussi loin que possible de Danny.

Son expression et son ton étaient lugubres, d'une façon que Russ n'avait vu sur aucune autre personne avant. Il tendit les bras vers Riley et elle s'approcha, acceptant ainsi son étreinte. Elle posa sa tête sur son épaule. Même si elle ne pleurait pas, son corps tremblait.

- Est-ce qu'il est la raison pour laquelle tu es venue en Alaska ? s'enquit Russ.

Un mouvement à proximité de la poche de la veste de Russ suggéra un oui. Ensuite, Riley leva la tête et Russ eut le cœur brisé. Ses grands yeux couleur ambre avaient pris une expression hantée et douloureusement triste. Sans réfléchir, Russ baissa ses lèvres contre les siennes une autre fois.

Hors du rêve, sur le bord de la caverne, la qualité de la lumière du jour avait changé.

- Il est temps de se réveiller, mon amour. On doit sortir de cette caverne avant que le blizzard ne frappe.

Riley frémit.

- Je ne sais pas si je suis déjà prête à affronter le monde réel, Russ.

- Prête ou non, princesse, on y va.

Il abandonna le rêve et ouvrit les yeux. Levant sa tête ursine, il regarda Riley bouger, s'étirer et se mettre sur pieds, en le regardant avec incertitude.

- C'est encore moi, pensa-t-il, en projetant le son de sa voix dans la tête de Riley.

Elle sursauta.

- Tu peux lire dans les pensées ?

- Non, bien sûr que non. Ce serait immoral. Je ne te ferais jamais ça, mais je peux t'envoyer une pensée. Pardonne cette intrusion, mais cette bouche n'est pas faite pour former des paroles, expliqua-t-il, avant de pointer du regard la pile de vêtements sur le sol. On ferait mieux de partir. On n'a pas beaucoup de temps. Je n'ai pas envie que tu gèles une autre fois.

- C'est vrai, dit Riley, puis elle enfila rapidement ses chaussures et ses vêtements. Est-ce que tu vas t'habiller ?

- Si nécessaire, mais j'ai une idée qui devrait nous faire atteindre la maison plus vite. Me fais-tu confiance ?

- Je n'ai pas vraiment le choix en ce moment. Et tes vêtements ?

Russ observa la pile de tissu avec regret.

- Je peux revenir plus tard. Mais si tu voulais enfiler mon manteau et mes gants par-dessus les tiens, ce serait probablement bénéfique pour toi.

Riley réfléchit, les yeux sur la pile.

- J'ai une meilleure idée.

Elle mit le manteau de Russ, puis enfonça son pantalon, son caleçon et ses bas à l'intérieur. Elle plaça ses chaussures dans les poches, avant de remonter les fermetures éclair.

- Du pur génie, lui envoya-t-il. Maintenant, il est temps d'être brave, ma douce. Hop sur mon dos.

Il s'accroupit jusqu'à ce que son ventre touche le sol.

- Es-tu sérieux ?

- Allez, Riley. Partons. On démêlera tout ça plus tard.

Avec précaution, elle passa une jambe par-dessus son dos et glissa ses bras autour de son cou sans serrer. Il ressentait sa nervosité, mais il n'avait pas le temps d'apaiser ses préoccupations. Déjà, la tache du soleil d'après-midi commençait à s'assombrir et il voulait s'assurer de se trouver dans son chalet douillet avec un feu dans la cheminée et un plat chaud sur la cuisinière avant que la neige ne se mette à tomber. Il se dressa lentement sur ses pattes avec son fardeau délicat accroché à sa colonne et il envoya une autre pensée, celle-ci à l'ours qui dormait au fond de la caverne.

- Merci, mon frère. Porte-toi bien.

Il ne reçut qu'un ronflement en guise de réponse, puis il sortit dans le froid.

Riley inspira vivement quand l'air glacial la frappa, mais le temps leur était compter. L'instinct de Russell lui indiqua la voie à suivre. De l'est au sud-est, loin du rocher. Les derniers rayons du soleil qui filtraient à travers les nuages gris se tenaient derrière eux, indiquant le milieu de l'après-midi. Il s'assura que Riley eût une poigne solide, pour éviter qu'elle tombe, et il se mit à marcher. Il pénétra dans la forêt et avança au trot le long des pistes creusées par les cerfs et élargies par les pattes larges de sa parenté au cours des siècles.

L'air était froid et immobile ; il cachait une lourdeur sinistre. Il poussa son trot au pas de course confortable, grugeant la distance aisément. Nul besoin de vitesse surhumaine ; il ne voulait pas la fatiguer plus encore. Qu'elle ait grimpé sur son dos au lieu de paniquer en disait long sur sa résilience. En fait, plus ils couraient, plus elle se calmait. Le corps de Riley se moulait au sien, son emprise sur son cou ne l'étranglait pas. Elle l'autorisa simplement à la transporter loin de la tempête meurtrière jusqu'à un endroit sécuritaire.

Les arbres furent durement touchés par la température, des sommets cassés et des branches parsemées ici et là, mais le sol était en grande partie sans glace. Pas que cela importait. Ses pattes étaient conçues pour bouger sur la glace à grande vitesse en toute sécurité.

Les arbres les entouraient comme un grand cocon vert et parfumé, à travers duquel il avançait facilement sans jamais ralentir le rythme. Son chalet l'appelait comme un phare. La température chuta durant leur escapade à travers la forêt inexplorée ; le corps de Riley se raidit et se mit à trembler. Il pria qu'elle tienne bon tout en augmentant la cadence légèrement. *Moins d'un demi-kilomètre à parcourir. Nous pouvons y arriver. Doucement, tout doux. Tiens bon, Riley, nous sommes presque à la maison.*

Une grosse goutte blanche atterrit sur le nez de Russ et le pinça avant de fondre. D'autres flocons flottèrent paresseusement devant son visage. *La première neige de l'année. Ce sera long avant que ce soit un problème.* Plus que deux cents mètres. Cent cinquante. Quelques mètres. Il sauta à travers les arbres dans la clairière qu'il partageait avec Mme Tomei. Un regard rapide lui confirma qu'elle n'était nulle part en vue, mais les lumières éclairaient les fenêtres de sa maison et de la fumée s'élevait dans la cheminée. Russ utilisa une poussée de vitesse supplémentaire pour se dépêcher à traverser la vue de sa fenêtre de cuisine et faire le tour de son chalet, où il s'arrêta enfin dans la cour enneigée. Il s'accroupit et laissa Riley glisser de son dos. Elle se redressa, quoiqu'un peu déstabilisée, et observa la neige, émerveillée.

Il lui donna un petit coup avec son museau.

- Regarde de l'intérieur, dit-il dans son esprit. Tu as eu assez froid aujourd'hui.

Elle hocha la tête et le suivit vers la porte d'entrée. De là, Mme Tomei pourrait l'apercevoir, mais c'était peu probable.

- Ouvre la porte. La clé est sous la deuxième brique du bas à gauche.

Riley examina le mur près de la porte et fit courir son doigt le long du mortier fissuré. Elle sortit la brique de son trou et y glissa la main. Les gants surdimensionnés de Russ entravaient sa quête et elle coinça un doigt entre ses dents, tira et essaya de nouveau. Cette fois, elle mit la main sur l'objet et la dégagea de la crevasse, avant de l'entrer dans la serrure avec facilité.

Ouvrant la porte, elle replaça rapidement la clé, puis la brique avant d'entrer. Une fois à l'intérieur, Russ lança un autre regard vers la maison de Mme Tomei, mais ses yeux ursins n'étaient pas assez aiguisés pour remarquer si sa silhouette frêle se tenait devant la fenêtre. Il refoula son ours au centre de son être et redevint un homme à nouveau.

Le froid pinça sa peau nue et il franchit la porte, abandonnant le froid et la tempête.

CHAPITRE 4

Russell pressa l'interrupteur et, dieu merci, l'électricité fonctionnait encore... pour l'instant. Riley haleta.

- Quoi ? demanda-t-il.

- Tu... Tu... Tu es nu, s'exclama-t-elle, en lui tournant le dos pour examiner le mur avec une intensité particulière.

- Oh, c'est vrai. Pardon. Je reviens tout de suite.

Avec un petit sourire, il traversa la grande pièce jusqu'à sa chambre, où il sortit un pantalon confortable et un coton ouaté. *Aussi bien être à l'aise.* Quand il revint dans le salon, il trouva Riley debout devant le mur, nerveuse.

- Bienvenue dans ma maison, entonna-t-il, en balançant ses bras pour montrer l'espace.

Elle se tourna vers lui en clignant des yeux. Puis, elle jeta un œil autour d'elle, aperçut un sofa bâti de bûches rondes et de coussins recouverts d'un tissu à carreaux rouge et noir, deux fauteuils en cuir, un foyer en briques et une cuisine qui longeait un mur. Une porte conduisait à sa chambre. Un escalier s'ouvrait sur un loft avec des chambres d'invités alignées le long d'un balcon.

- C'est une belle maison, dit-elle. Mmm, as-tu une

salle de bains que je pourrais utiliser ? C'est le froid, tu comprends.

- Bien sûr. Tu peux utiliser la mienne dans la chambre, ou bien la salle de bains des invités.

Il pointa une porte dans la grande pièce, mais elle opta pour le second choix et s'y dirigea. Elle était manifestement mal à l'aise. *À être dans ma maison. Je n'arrive pas à croire qu'elle ait accepté tout le reste aussi facilement.* Russ ressentait une positivité qu'il n'avait pas ressenti depuis des lustres et il se traîna jusqu'à la fenêtre pour y jeter un œil. Les flocons tourbillonnants qui les avaient forcés à rejoindre la maison s'étaient transformés en rideau blanc presque impénétrable.

Russ partit à la recherche de son cellulaire de rechange et appela l'école Golden.

- M. Brewer, dit-il au directeur, qui avait répondu. C'est Russ Tadzea. Je voulais vous faire savoir que Miss Jenkins est en sécurité avec moi. Nous avons atterri d'urgence, mais elle va bien. Nous sommes à mon chalet.

- Oh, Dieu merci, Russ, s'exclama son interlocuteur. Nous étions terriblement inquiets quand vous n'êtes pas rentrés avant la tempête. Est-ce que l'avion est en un morceau ?

- Le pare-brise est fracassé. Maintenant, tout sera détrempé. Mais ça pourrait être pire.

- C'est sûr, acquiesça Brewer. D'accord, maintenant que je sais que Riley est en sécurité, je vais rentrer. C'est misérable ici et ça empire à chaque minute. Ma femme aura ma peau si elle trouve une seule égratignure sur le camion.

- OK. À la prochaine.

- À plus. Au moment où l'autre homme raccrocha, Russ aurait juré entendre un ricanement.

- Les petites villes, soupira Russ pour lui-même.

- Qui était-ce ? lança une douce voix féminine,

éclatant par le fait même ses pensées, et il se tourna pour voir Riley, mal à l'aise devant lui.

Il approcha avant qu'elle ne change d'idée et parcourut la distance qui les séparait. Il profita de ce moment pour passer ses bras autour de sa taille.

- Riley, dit-il doucement, en laissant une trace du grognement de l'ours dans sa voix.

- Qu'est-ce que tu fais, Russell ?

- Tu le sais. Tu me laisses t'embrasser dans le rêve. Que me laisseras-tu faire ici ?

Riley se lécha les lèvres et regarda à travers ses cils, timide, mais elle ne résista pas.

- Continue à me regarder de cette façon, dit-il, et tu recevras un baiser.

Elle ne fit aucun geste pour le repousser ou l'encourager, donc Russ l'embrassa. Elle goûtait tellement sucrée, ses lèvres acides telles des pêches, douces et pulpeuses. Elle les sortit un peu et Russ en déduisit qu'elle acceptait. Son odeur féminine sucrée emplissait ses narines et réveillait son ours. Un rugissement de triomphe vibrait dans sa gorge.

Il l'attira contre lui, plaqua son corps contre le sien et émit un grognement.

- Tes vêtements sont trempés.

- Je sais, dit Riley.

- Laisse-moi te trouver quelque chose. Viens avec moi.

Russ prit la main de Riley et la conduisit à sa chambre, où il fouilla dans son tiroir et en sortit un coton ouaté.

- Je ne pense pas avoir de pantalon qui t'aille. Tu es trop petite. Mais ça devrait te couvrir jusqu'aux genoux, déclara-t-il en lui tendant le vêtement d'un vert vif.

- Trop petite ? s'exclama-t-elle, en haussant le sourcil.

- Juste pour porter mes vêtements, rectifia-t-il. Pour tout le reste, tu es parfaite.

Elle sourit.

- Est-ce que tes bas sont humides ? continua Russ, en étudiant ses mocassins sales.

- Trempés, admit-elle dans une grimace.

Il ajouta une paire de bas en laine que Mme Tomei avait tricotés.

- Je vais avoir l'air ridicule là-dedans, se plaignit Riley.

- Personne ne le verra sauf moi, lui rappela Russ. Et tu m'as vu complètement nu. C'est quoi le pire ?

- Bon point.

- Je vais allumer un feu dans la cheminée, l'informa-t-il. Je pense que l'électricité pourrait être coupée. Je veux être prêt.

- OK, acquiesça Riley. Mon premier hiver en Alaska se trouve être toute une aventure.

- L'aventure ne fait que commencer, chérie, rétorqua-t-il.

Ensuite, avant qu'il ne la laisse se changer, il profita de sa réceptivité pour l'embrasser une autre fois. Elle glissa ses bras autour de son cou.

- Fais vite, Riley.

- Allons-nous quelque part ?

- Je pensais te sortir au restaurant et au cinéma, peut-être, dit-il et elle se mit à rire. Mais, sérieusement, j'aimerais te parler et je ne veux plus attendre.

Son sourire s'effaça le temps qu'elle réfléchisse.

- OK, Russ. Pas plus de quelques minutes.

Elle le serra contre elle tendrement et le relâcha.

Ravi de trouver une distraction autre que l'image de Riley qui se déshabillait, en se demandant quelle culotte elle portait, il s'intéressa à la cheminée. Une bonne quantité de bois sec était empilé dans l'âtre, à côté d'une collection suspendue d'outils de foyer. De longues allumettes l'attendaient dans le tiroir de la table d'appoint. Il assembla rapidement les bûches et le bois d'allumage avant d'y lancer une allumette. Puis, il fixa les flammes en contemplant les orange et or danser comme s'ils détenaient la clé du casse-tête troublant qu'était Riley Jenkins.

Elle émergea de la chambre et le rejoignit, avant de s'affaler au sol et caresser la fourrure épaisse et blanche d'un tapis à forme irrégulière.

- Est-ce que c'est un de ton espèce ? demanda-t-elle.

Russ hocha la tête.

- C'était toute une bagarre. Je ne voulais pas le tuer, mais il n'arrêtait pas. Il ne voulait pas retraiter. S'il avait gagné, je serais une décoration devant sa cheminée maintenant.

Elle secoua la tête.

- Les ours sont différents.

- Oui, je suis un homme et un ours, ce qui est différent aussi. Je me demande comment tu arrives à l'accepter aussi facilement.

Il posa sa main sur la sienne. Elle haussa les épaules.

- Je n'ai pas encore décidé si l'hystérie serait plus convenable, mais j'ai l'impression que le moment de panique est dépassé.

- Tu es épatante.

Il lui tira la main et la rapprocha de lui. Elle se tourna partiellement, le visage toujours face au feu. Il fit de même et croisa ses jolis yeux, en espérant que les mots pour exprimer tout ce qui était suspendu entre eux soient plus faciles à formuler. Il inhala son parfum. Tellement d'odeurs complexes. Du shampooing, une touche de parfum et le mélange tourbillonnant qui semblait pénétrer chaque pore de sa peau jusqu'au fond de son âme. Il savait ce que ça signifiait, même s'il ne l'avait jamais vécu. Mais comment pouvait-il lui expliquer ? Comment pouvait-il avouer tout ce qu'il pensait et ressentait en des termes humains qu'elle comprendrait, ou qu'elle accepterait ?

- Riley, je..., mais sa voix se brisa, il ne savait pas par où commencer.

Elle l'observait en se mordillant la lèvre inférieure.

Elle se releva sur ses genoux et se pencha vers l'avant pour poser ses lèvres contre les siennes durant un bref instant avant de se rassoir, les joues en feu. Russ ne put s'empêcher de sourire.

- Merci, Riley. Ça aide beaucoup. J'imagine qu'il est inutile de nier ce truc entre nous. Un truc spécial.

Elle hocha la tête, mais ne dit rien.

- J'ai l'impression qu'il... pourrait ou devrait y avoir quelque chose de plus. Qu'en penses-tu ?

Elle l'observa en silence pendant un long moment. Russ utilisa toute sa volonté pour ne pas l'interrompre et obtenir une réponse, mais il persévéra.

- Es-tu certain que les gens ne nous regarderont pas d'une drôle manière ? finit-elle par dire.

Russ ricana.

- Chérie, t'es en Alaska, sans mentionner que c'est une petite région très éloignée. Est-ce que les gens vont regarder ? Bien entendu. Les nouveaux couples font parler les gens pendant quelques jours. Mais ça ne dérangera personne. À dire vrai, ils spéculaient sur le temps que nous prendrions à nous mettre ensemble depuis le jour où je t'ai sortie au restaurant. Personne ne sera surpris.

- Est-ce qu'il y en a qui sont au courant pour l'ours ?

- Pas que je sache. Personne n'a appelé les gardiens de zoo, en tout cas.

Le fantôme d'un sourire se creusa sur les lèvres de Riley.

- Mais tu as l'air... tellement plus vieux. Je ne pensais pas être attirée par un homme plus âgé.

Elle baissa les yeux et son visage prit un air confus.

- Corrige-moi si je me trompe, mais tu ne sembles pas trop savoir ce qui t'attire encore, Riley. As-tu déjà eu une relation sérieuse ?

Elle secoua la tête.

- Quel âge as-tu, chérie ?

Elle regarda timidement à travers ses cils à nouveau, d'une façon qui donna envie à Russ de l'embrasser.

- Vingt-quatre ans, répondit-elle, en se raidissant. Et toi ? À mon avis, je dirais environ quarante ans. Personne ne trouvera à redire sur une différence d'âge de seize ans ?

Puis, elle plissa les yeux.

- Attends, est-ce que le truc d'ours change ton espérance de vie.

Russ hocha lentement la tête.

- En effet. Tu n'as pas tort en disant que je suis dans la jeune fleur de l'âge, mais ce n'est pas tout à fait la quarantaine. C'est en quelque sorte son équivalence.

- Combien de temps vivras-tu ? demanda Riley, les yeux écarquillés.

Russ soupira et porta la main de Riley à ses lèvres.

- Quelques-uns vivent jusqu'à cent cinquante ans, mais c'est rare. Cent vingt, cent vingt-cinq ans. Quelque chose dans ce genre-là. J'ai soixante-cinq ans. Je devrais vivre un autre soixante ans.

Il la voyait retourner les nombres dans son esprit.

- Ça fonctionne en fait, n'est-ce pas ?

Un petit sourire s'étendit sur le visage de Russ.

- Plutôt bien, oui. Riley, je ne pense pas que quiconque se souciera de notre différence d'âge apparente. Ils seront probablement très heureux pour nous. La question est, si tu veux être avec moi et que je veux être avec toi, qu'est-ce que ça change ce que les autres pensent ?

- Je sais, je sais, répondit-elle, en soupirant bruyamment. C'est juste que... c'est une petite communauté. J'aimerais y trouver ma place.

- Ce sera encore plus facile si tu fréquentes un homme de la région. Les gens seront plus chaleureux avec toi s'ils savent que tu ne quitteras pas à la fin de l'année scolaire.

Elle sourit.

- Bon point.

- Alors, qu'est-ce que t'en dis, Riley ? Pouvons-nous... être un couple ?

Cette phrase le dérangea. Les mots semblaient faibles et mous comparés à ce qu'il voulait dire, mais il savait qu'elle n'était pas prête à entendre le reste. C'était ce qu'il trouverait de mieux pour leur début.

- Qu'est-ce que ça impliquerait exactement ? demanda-t-elle, et il haussa un sourcil. Je veux dire, est-ce qu'il y a un genre de rituel de méta-ours que je devrais connaître ?

- En quelque sorte. Mais ce n'est pas pour aujourd'hui. Si nous en venons là, on en parlera. Pour l'instant, ce sera un peu comme tu t'y attends. Bien entendu, je vais continuer de te voyager d'une école à l'autre. Ça ne changera pas. Mais quand tu ne travailleras pas, on passera du temps ensemble. Voler à Fairbanks pour un film ou aller magasiner. Aller manger au café. Marcher dans la forêt si la température le permet.

Il entrelaça ses doigts à travers les siens.

- Se toucher.

Puis, il l'attira contre lui.

- S'embrasser.

Il posa les lèvres sur les siennes en un baiser d'une légèreté éphémère.

- Et plus quand tu seras prête.

Il l'embrassa à nouveau. Cette fois, avec plus de vigueur. Russ osa toucher les lèvres de Riley avec sa langue. Elle inspira vivement.

- Laisse-moi entrer, supplia-t-il.

Riley fit un petit son inintelligible et entrouvrit les lèvres. Russ plongea sa langue dans sa bouche. Il la fit s'agenouiller pour qu'ils puissent presser leurs corps ensemble. D'une main, il attrapa l'arrière de sa tête et écarta les doigts de l'autre main au centre de son dos. Sa manière d'accrocher ses bras à son cou l'informait qu'elle aimait sa façon de la toucher, même si elle se limitait à accepter le baiser, sans réellement participer. *Petite timide. Je t'enseignerai.* L'idée de lui apprendre chaque aspect des rapports amoureux lui donnait une érection douloureuse.

Couché, toi. Ça va prendre du temps avant d'avoir un peu d'action avec cette petite timide. Apprécie le baiser et ne pousse pas trop loin.

Russ taquina la langue de Riley avec la sienne, en l'enfonçant dans sa bouche puis en retraitant pour la presser à suivre. Enfin, elle tenta une avance en se glissant entre ses lèvres et il la récompensa d'un luxuriant tourbillon entremêlé qui la laissa pantelante. Ensuite, il la relâcha de cette étreinte et l'aida à se relever.

- As-tu faim ? demanda-t-il.

Elle l'étudia ; une question dansait dans ses yeux.

- Qu'y a-t-il, Riley ?

- Pourquoi as-tu arrêté ?

La question se transforma en inquiétude. Même si Russ essayait de ne jamais lire dans l'esprit des gens, les pensées de Riley étaient tellement fortes qu'il ne put les empêcher d'entrer. *Est-ce que j'étais mauvaise ? Pourquoi je ne fais jamais rien de bien ? Pourquoi est-ce que j'agis en bébé ?*

Il retourna auprès d'elle, contre son corps, et prit son visage avec sa main, sa paume sur sa mâchoire, les doigts entrelacés dans ses cheveux sur sa nuque. Ses lèvres caressèrent les siennes une autre fois, tendrement, sans pression.

- Je ne veux pas te presser, dit-il. Je sais... Je devine que tu n'as pas fait ces trucs-là avant et c'était une grosse journée pour toi aujourd'hui. Je pensais que tu préfèrerais prendre ton temps.

Il passa son bras libre autour de sa taille et pressa la tête de Riley contre son torse. *Elle n'atteint même pas mon épaule.*

- Oh, fit-elle en se blottissant plus près. Je ne sais pas si je préfère prendre mon temps ou non. Je ne me suis jamais retrouvée dans cette situation. Est-ce que ton opinion de moi diminuerait ?

Ses paroles ne faisaient aucun sens avec tout ce qu'il savait sur elle, mais elles paraissaient sincères.

- Riley, écoute.

Il arqua les hanches, pressa la longueur rigide de son érection dans son ventre. Même à travers leurs vêtements, une vague de plaisir le submergea.

- Je te désire, ajouta-t-il. Je ne me retiens pas parce que j'ai des doutes. Mon ours... Eh bien, s'il obtenait ce qu'il voulait, je te ferais l'amour sur le tapis en ce moment même. Il me supplie.

Et je sais des choses à propos de nous que tu n'es pas prête à entendre. Des choses qui pourraient expliquer pourquoi tu es autant empressée.

Elle recula d'un pas et croisa son regard. La passion, la curiosité et une touche de peur tourbillonnaient dans les profondeurs whisky, faisant passer l'effet déjà intoxicant de son regard à irrésistible. Ses joues virèrent au rouge, mais pas un rouge embarrassé et fougueux. La douce lueur était clairement générée par sa propre passion et son désir. Son corps se languissait d'elle. À chaque seconde, il voyait l'image plus clairement, de Riley à quatre pattes sur la peau d'ours devant le feu, recevant son gros sexe gonflé. Il recula, rompant le charme.

- Décide, exhorta-t-il. Tu dois penser à ce que tu veux, Riley. Je ne veux pas que tu aies des regrets. Préparons un peu de nourriture. Ça te donnera la chance d'y réfléchir. Si tu me désires, tu devras me le dire, pas seulement que tu es incertaine.

Elle glissa ses doigts dans les siens.

- Tu ne demandes pas trop, hein ? railla-t-elle. Dire à la fille timide de..., et sa voix s'estompa, elle cligna des yeux et une expression ahurie envahit son visage. De demander à son petit ami de lui faire l'amour.

Les mots semblaient goûter aussi sucrés qu'un bonbon à l'érable. Russ repoussa les cheveux de Riley de son visage et caressa sa joue avec son pouce.

- Tu sais ce que je veux, continua-t-elle.

C'est vrai. Je ressens ton désir avec tellement de force que je peux presque y goûter. Ton corps est prêt, mais je dois être sûr que ton esprit l'est aussi.

- Dans ce monde, à notre époque, mon amour, un homme doit entendre ses mots. Il faut supposer que tout peut mener aux ennuis.

Elle reconnut la vérité de cette déclaration en baissant les yeux pour étudier le grain du bois.

Russ l'étreignit pendant encore un instant, puis il la lâcha avant de se diriger vers la cuisine, qui n'était séparée du reste de la pièce que par une péninsule en pin et en granit noir. Il fouilla dans les armoires et sortit à la lumière une énorme poêle à frire, qu'il déposa sur un des six brûleurs de la cuisinière. Il fit couler de l'huile dans la poêle et se tourna vers le réfrigérateur.

- C'est une jolie cuisine, commenta Riley. Bien plus jolie que la mienne. Est-ce que tu cuisines beaucoup, Russ ?

- Oui. Étant donné qu'il n'y a qu'un restaurant à Golden et que je ne vole pas plus qu'une fois par mois à Fairbanks, je mange à la maison le plus clair de mon temps, expliqua-t-il, avant d'attraper un paquet enrobé de papier d'aluminium pour l'ouvrir. Peux-tu éplucher des patates, s'il te plaît ? Elles sont dans un chaudron dans l'armoire devant toi. L'éplucheur est dans le tiroir près de l'armoire.

- Bien sûr, accepta Riley gaiement. Alors, que mangeons-nous ?

- Des steaks de chevreuil et des patates pilées. Aimes-tu le chevreuil ? Tu n'es pas végétarienne, je me trompe ?

- Pas du tout. Je n'ai jamais goûté au chevreuil. Est-ce que tu chasses beaucoup ?

Il l'entendait brasser les chaudrons et les poêles tout en parlant. Le tiroir claqua.

- Oui, je l'admets. Comme la plupart des ours, je suis content de manger ce que je croise, mais j'ai un avantage pour la chasse. Je n'ai pas besoin d'un permis.

- Parce que tu es natif de l'Alaska ? devina-t-elle. Tu l'es, non ?

- En effet. Ou plutôt, à moitié.

- Et l'autre moitié ? demanda-t-elle sur le ton de la conversation. Est-ce que l'ours est relié au fait d'être natif ou est-ce séparé ?

- Tu es curieuse ? s'enquit-il tout en saupoudrant du sel de mer sur la viande crue.

- Bien entendu. Je le devrais pas ? rétorqua-t-elle. Tu es mon petit ami, pas vrai ? Donc, je dois connaître des choses à propos de toi.

Il voulut la serrer dans ses bras, mais il avait du jus de viande sur les doigts, alors il se contenta de sourire.

- Tu promets de ne pas me vendre à un zoo ?

- Promis, je pense, répondit-elle avec un sourire taquin.

- Je n'arrive pas encore à croire, commença-t-il en retournant les steaks pour assaisonner l'autre côté ; *maintenant, laissons-les prendre la température ambiante.* À quel point tu as facilement accepté ma situation.

- Je sais, c'est fou, répondit Riley en coupant une pomme de terre et en la glissant dans le chaudron d'eau avant de se tourner vers la prochaine. Trois, ça va ?

- Cinq serait mieux. J'ai un métabolisme élevé.

- OK.

- Donc..., débuta-t-il, en se demandant par où commencer. Laisse-moi te raconter une histoire qui m'a été conté quand j'étais petit.

À son hochement de tête, il reprit.

- Dans les temps anciens, bien avant que les humains

ne traversent la glace pour venir dans cet endroit, les ours étaient les rois et les reines de cette terre. Ils jouaient et chassaient dans les bois. Une nuit, la déesse ourse dans le ciel regarda en bas, tu connais la déesse ourse ?

- Je connais la constellation de la Grande Ourse, dit-elle après un moment de réflexion.

- C'est elle. En tout cas, elle et son petit sont descendus sur terre. Pendant que la petite étoile ourse jouait avec les autres oursons, la déesse a déniché le mâle le plus gros et le plus fort pour le prendre comme amant. Et, durant l'hiver, quand le vent hurlait sur la terre et que la neige se posait sur le sol, elle est revenue avec trois petits oursons nouveau-nés, qu'elle a laissés avec une maman ourse dont les oursons étaient morts.

Russell regarda Riley. Elle avait terminé de couper les pommes de terre et les avait placées dans l'eau. Il déposa le chaudron sur la cuisinière et augmenta le feu au maximum, avant d'ajouter une pincée généreuse de sel de mer.

- Les trois oursons ont rapidement réalisé qu'ils pouvaient, comme leur mère déesse, changer de formes à volonté et ils imitaient toutes les créatures de la forêt. Ils avaient aussi une conscience qu'un ours normal ne possède pas. C'étaient des méta-ours sensibles et intelligents. Plus tard, des humains sont apparus dans la région, les Na-Dené, que les anthropologues appellent les Athapascans. Les méta-ours s'accouplaient avec des ours normaux depuis des générations et le patrimoine génétique s'amincissait, mais les métamorphes ont réalisé que les humains étaient plus comme eux : des créatures sensibles et songées. Donc, ils ont pris leur forme pour interagir avec eux. La plupart des familles Na-Dené avaient peur de ces étrangers aux cheveux blancs et les évitaient. Seulement une petite famille, isolée des autres, les a accueillis. Ils avaient la tradition chaman la plus forte de tous les groupes, ce qui correspondait bien avec l'idée que les ours pouvaient devenir humains. Avec le temps, une entente a été faite pour qu'à chaque génération un humain parmi les Na-Dené et un méta-ours s'accouplent, pour infuser du sang frais dans les communautés.

Il s'arrêta, un peu perdu dans son histoire.

- Donc, c'est ce que tu voulais dire par à moitié ? À moitié Na-Dené et à moitié métamorphe.

Russell hocha la tête.

- Y'a que toi, Riley, pour comprendre exactement ce que je veux dire. Mon père est un homme sacré dans le village. Il a du sang métamorphe, tout comme son père. C'est devenu un héritage familial. Le village est encore une petite communauté isolée. Tu n'auras pas de mes cousins dans ta classe. Nous avons développé une culture distincte et une langue séparée du reste des Athapascans. Étonnamment, le mélange sanguin affecte aussi le gène de l'ours. Une fois que le sang humain a pénétré la lignée des métamorphes, ils ne peuvent prendre la forme que d'un ours ou d'un humain. Les autres formes animales ont été perdues.

- Intéressant.

Elle se tut et Russ vit presque les engrenages tourner dans sa tête.

- Peux-tu mettre la table, s'il te plaît ? s'enquit-il en ouvrant l'armoire au-dessus d'eux, tout en se demandant comment elle réagirait devant de la vaisselle qui semblait être faite de bois.

Elle croisa son regard et sourit. *Typique de Riley. Elle a l'air capable d'absorber tout ce que je lui lance.* Il brassa les pommes de terre et fouilla dans le réfrigérateur pour trouver le lait. Le beurre et le pilon l'attendaient sur le comptoir.

Elle déposa les assiettes sur la table. Avec un regard interrogateur, elle se mit à fouiller jusqu'à ce qu'elle trouve des tasses, des fourchettes et des couteaux à steak. Il s'attendait à sentir son ours territorial se lever et grogner, mais il n'en fit point. *Apparemment, il a confiance en elle.*

Et l'homme lui faisait également confiance. Ça transcendait toute explication rationnelle. Il savait, sans aucun doute, que Riley était la bonne.

Russell brassa les pommes de terre une autre fois et ajusta la chaleur pour s'assurer qu'elles bouillent et ne débordent pas. Nettoyer l'eau amidonnée sur la cuisinière le rendait complètement fou. Il alluma la chaleur sous la poêle huileuse. Ensuite, il se tourna pour voir Riley devant la fenêtre en saillie face à la cheminée, les yeux posés sur la neige tourbillonnante. Russell approcha et passa ses bras autour de sa taille. Il posa son menton sur le dessus de sa tête.

- C'est tellement paisible ici. Pur et blanc, dit-elle d'une voix douce et mélancolique. J'ai l'impression que rien de mauvais ne pourra m'atteindre ici.

- Tu as un gardien qui possède plus qu'une force habituelle.

Le shampooing de Riley taquina son nez de sa douce odeur florale.

- On dirait bien. Suis-je vraiment en sécurité, Russell ?

Il embrassa ses cheveux.

- Oui, mon amour. Il y a beaucoup de dents et de griffes entre toi et ton grand frère dangereux.

- Si seulement tu pouvais me défendre contre les souvenirs.

Russell resserra son emprise autour d'elle.

- Alors, nous devrons créer de nouveaux souvenirs. Qu'est-ce que t'en dis ? Laisse les mauvais s'envoler. Envoie-les dans la neige, pour ne plus jamais les revoir. Ne garde que ceux qui te rendent heureuse. Et on en ajoutera à cette liste.

Riley se tourna dans son étreinte, ses yeux rayonnaient.

- Comment puis-je ressentir autant aussi vite ? demanda-t-elle. On vient à peine de se rencontrer.

- Chaque relation débute quelque part. Même celles qui durent toute une vie.

- Est-ce que c'est comme ça que tu nous vois ?

Il réalisa que cette question, au moins, revêtait de l'importance.

- Oui, répondit-il, sur son ton le plus sérieux. Mais pourquoi s'inquiéter d'une vie entière maintenant ? Apprécions cette nouvelle relation prometteuse. Qu'en dis-tu ?

- Oui, dit-elle simplement, au moment où la minuterie de la cuisinière sonna.

- Garde ça en tête.

Russ déposa un baiser sur le bout de son nez avant de se dépêcher à retourner les deux petits steaks dans la poêle qui sifflaient bruyamment. L'arôme délicieuse de la viande qui cuit s'étendit à travers le chalet. Riley sauta dans l'action ; elle égoutta les pommes de terre et les pila avec les ingrédients qu'il avait sortis. *C'est agréable d'avoir de l'aide.* Il put prendre le temps d'ouvrir une conserve d'haricots pour les réchauffer.

Un instant plus tard, il remplit deux assiettes de nourriture chaude et parfumée. Riley zieuta le festin avec appétit.

- Du vin ? demanda Russ et elle accepta d'un haussement d'épaules et d'un signe de tête.

Il versa deux coupes de Shiraz et rejoignit Riley à la table.

- Es-tu certaine d'avoir l'âge requis ? lança-t-il.

Elle ricana et le poussa à l'épaule.

- Arrête de me taquiner, vieil homme.

Ils se mirent à rire, puis ils s'attelèrent à manger leur repas. Riley, nota Russ, mangeait avec une concentration intense, comme si chaque bouchée signifiait plus qu'un simple besoin de subsistance. Il sirota son vin tout en l'observant manger, sa propre nourriture oubliée dans l'assiette. *Mange, mon vieux. Tu l'as dans la peau, n'est-ce pas ?* Il secoua ses pensées et se concentra sur son repas, mais ses yeux préféraient suivre les courbes de Riley. Ses seins courbaient sous le devant de son chandail, le suppliant presque d'être touchés et la vue de ses jambes minces, nues de mi-cuisses à mi-mollets, resterait à jamais gravée dans sa mémoire. La fille le captivait, de la courbe de sa mâchoire à l'artère qui palpitait délicatement dans son cou, sa clavicule féminine, sa taille étroite. *C'est elle le réel festin ici.*

Riley souleva les yeux de son assiette et s'aperçut qu'il la fixait. Son visage rougit. Elle le surprit en avançant la main par-dessus la table pour caresser sa courte barbe sur sa joue.

- Le repas est délicieux, Russell. Merci.

Il déposa sa fourchette et captura sa main pour la porter à ses lèvres.

- Je devais m'assurer de bien m'occuper de ma chérie, répondit-il en appréciant de voir la couleur s'assombrir sur ses joues. As-tu assez mangé ?

Il pointait son assiette, où la plupart de la nourriture avait disparu.

- Oui, merci. C'était délicieux.

L'assiette de Russell était loin d'être aussi vide qu'à l'habitude, mais son estomac ne grognait plus, donc il gratta les restants dans la poubelle et rinça la vaisselle avant de les placer dans le lave-vaisselle. Riley fit de même.

Une fois leur tâche complétée, ils s'arrêtèrent net au milieu de la cuisine, face à face. La lèvre inférieure de Riley fut aspirée entre ses dents. Son expression incertaine était si émouvante.

- Qu'est-ce qu'il y a ? s'enquit Russell.

- Je...

Son visage prit une teinte écarlate et elle brisa le contact visuel en baissant les yeux au sol. Russ réduisit l'écart entre eux en un instant en l'attirant contre lui.

- Que se passe-t-il, Riley ? murmura-t-il dans son oreille.

Riley glissa ses bras autour de son cou et posa sa joue contre son torse. *Elle veut un câlin ? Plutôt facile.* Il la réchauffa contre son corps et respira son parfum à nouveau. Une nervosité et une gêne avaient rampé à l'intérieur, tout comme une excitation qui lui coupa le souffle et fit battre son cœur. *Elle sait ce qu'elle veut. Mais elle ne sait pas comment le dire.*

En se disant qu'elle pouvait toujours l'en empêcher, il relâcha son étreinte et la guida à travers l'aire ouverte du chalet vers un grand fauteuil en cuir face à la cheminée. Il s'affala sur la surface confortable et l'attira sur ses genoux. Il posa une grande main rugueuse sur le visage de Riley et la rapprocha. Ses lèvres traînèrent sur sa joue. Il chercha ses lèvres et les réclama en un baiser exubérant.

- Est-ce que c'est ce que tu veux ? projeta-t-il dans son esprit quand sa langue plongea entre ses lèvres.

Le contact intime sembla dégeler sa raideur nerveuse. Ses épaules relaxèrent et son corps se moula contre le mur inébranlable de son torse.

- Je te veux, répondit-elle sans ouvrir la bouche, mais elle devait savoir qu'il l'entendrait ; cette pensée ciblée ne pouvait qu'être délibérée.

- Et tu m'as, renvoya-t-il pour confirmer que son message avait été reçu et elle inspira vivement. Et je t'ai. C'était écrit dans le ciel, Riley. Nous sommes faits pour être ensemble.

Timidement, sa langue rampa vers la sienne et la toucha. Le jeu de l'amour avec ce baiser augmenta en chaleur et en tempo tandis qu'ils possédaient la bouche de l'autre à tour de rôle. Russ persuada Riley de pénétrer et la récompensa d'un coup de langue taquin. D'une main, il tenait encore son visage pour la garder captive, consentante, de cette étreinte. De l'autre, il la caressait de haut en bas. Riley s'accrochait à ses épaules comme s'il était une bouée de sauvetage. *Elle se noie de désir déjà, d'un simple baiser.* Il pressa, testa les limites de son consentement et glissa une main autour de son corps pour la poser à plat sur son ventre. La petite courbe apparente frémit sous son contact. Elle semblait sentir que cet instant était posé sur un fil de fer. Qu'il monte ou qu'il descende, elle serait changée à jamais. Son corps se tendit un instant, puis la tension fondit comme neige au soleil, prenant la forme d'un désir liquide qu'il sentait autant qu'il ressentait. Dans la passion, son odeur devenait encore plus alléchante. Son ours demandait de l'action, autant que son sexe, douloureusement prêt, dur et palpitant de son désir de plonger en elle. Un homme rationnel luttant contre un instinct ancien. *Je ne pourrai plus me retenir très longtemps. J'ai trop besoin d'elle.* Il bougea vers le haut délibérément et posa sa main sur son sein lisse.

Riley captura la lèvre inférieure de Russ et la mordilla, une distraction de ce premier contact intime. Il la laissa faire. *Doucement, bébé. Avance à ton propre rythme.* Elle ne fit cependant aucun geste pour empêcher son exploration et son mamelon l'accueillit, se soulevant pour rejoindre sa paume. Il passa son pouce sur le bout et fut récompensé par une vague de plaisir qu'il sentait irradier d'elle. Le baiser de Riley devint désespéré. Il la laissa dévaster sa bouche, mais ses doigts continuèrent de caresser et jouer avec le bouton tendre de son sein. Il constata qu'elle aimait ses caresses, mais son esprit s'était réveillé, nerveux.

- Tellement douce, murmura-t-il contre ses lèvres.

Dans un mouvement lent et délibéré, il ferma le poing sur le chandail de Riley et le souleva haut tout en levant la tête pour voir ce qu'il touchait tout ce temps. Ronds, deux globes dressés de taille moyenne le tourmentaient de ses mamelons rosés sur une peau lisse et pâle. Malgré le feu, la froideur de la pièce taquina rapidement les monts encore plus durs, qui imploraient son attention. Russ tendit la main vers le sein délaissé, mais Riley stoppa sa main d'un contact léger du bout des doigts.

Elle déglutit et, de son propre gré, souleva le chandail au-dessus de sa tête avant de le lancer. Maintenant simplement vêtue d'une culotte en dentelle bleue et des drôles de bas en laine de Russ, elle leva la tête en signe de défi, au cas où il oserait commenter.

- Tu es splendide, Riley, dit-il, et sa main caressa son épaule, descendit le long de son bras jusqu'à sa main pour y entrelacer ses doigts aux siens. Belle et brave. Je suis tellement heureux que tu sois à moi.

Elle ferma les yeux et ses cils noirs et épais balayèrent ses joues. Il posa ses lèvres sur son sourcil.

- Puis-je te toucher encore ? Je veux te faire du bien.

Elle ouvrit les yeux et prit une profonde inspiration. Même si les mots semblaient l'avoir désertée, son corps acquiesça à sa demande et son dos s'arqua pour lui offrir ses seins. Ne voulant pas la torturer, il accepta son invitation sur-le-champ, attrapa ses monts et caressa sa peau soyeuse. Cette fois, il baissa la tête et embrassa son téton, avant de lever les yeux pour jauger sa réaction. Elle réfléchissait, alors il ouvrit et livra une douce succion.

Cette fois, le halètement de Riley ne fut que pur plaisir étonné. Les doigts de Riley se mêlèrent à sa chevelure et le maintinrent où elle le voulait. Il lécha et mordilla un mamelon, tout en caressant et tirant l'autre. Riley émit un petit gémissement et Russell sourit contre son sein. À nouveau, l'incertitude avait pris la teinte de la complaisance. Il la relâcha et s'adonna à un autre long regard. Les lèvres de Riley étaient légèrement entrouvertes et ses yeux envoûtants, embrumés. Sous la lueur du feu, ses tétons luisaient, tandis que son souffle n'était que petits halètements. *Elle est presque déjà prête. Il temps de l'amener à un autre niveau.* Son ours protesta dans un grognement presque audible. *Bientôt, mon ami. Tu ne regretteras pas l'attente.*

Russell posa sa main à plat sur la culotte de Riley, entre ses jambes, là où ses larmes de passion détrempaient le tissu. Il tassa délibérément la dentelle sur le côté, la laissant entièrement nue pour la toucher.

- Russ ! haleta-t-elle.

Puis, son inspiration s'estompa en un gémissement au moment où il glissa ses doigts le long de sa fente, les recouvrant de son jus en préparation d'un contact encore plus intime.

- Je veux te donner du plaisir, Riley. Me laisseras-tu ? Devrais-je arrêter ? demanda-t-il et il poussa un doigt dans l'ouverture sans attendre et ne fut pas surpris de trouver le passage partiellement bloqué. Wow, Riley, es-tu vierge ?

- Plus..., fit-elle avant d'emplir ses poumons d'air. Plus pour longtemps. N'arrête pas, Russ.

Elle écarta délibérément ses cuisses. Honoré de sa confiance, Russell décida de donner le plus de plaisir possible à cette demoiselle. Ses caresses sans but s'établirent sur son clitoris et il s'installa pour satisfaire Riley en accomplissant un cercle lent sur le bouton gonflé. Ses gémissements augmentèrent ; les replis de Riley luisaient de mouille.

- Ton corps me désire, bébé.

Sa réponse n'exprima rien de cohérent.

Il se rappela à quel point son passage innocent était serré et rigide et il changea ses gestes ; il travailla son clitoris avec son pouce pour l'ouvrir avec ses doigts. Lentement, il en inséra un encore une fois et l'humidité lui fit presque perdre le contrôle. L'homme et l'ours désiraient pénétrer ce petit puits avec une ferveur égale. Déterminé à offrir à Riley le meilleur éveil possible, il refoula tristement ses propres envies. Au début, elle se tendit contre son invasion, mais, graduellement, le corps de Riley s'acclimata et un autre gémissement s'échappa d'elle. Cette fois, il pressa deux doigts en elle et dépassa la barrière qui lui refusait l'accès aux profondeurs de son corps. Il débuta des va-et-vient dans une tendre imitation d'un ébat sexuel tout en jouant après son clitoris avec son pouce et il attendit. Chaque souffle de Riley semblait laborieux ; elle s'approchait du point de non-retour. Bientôt, elle se tortillerait dans ses bras. *Bientôt... bientôt... bientôt...* MAINTENANT.

Riley cria doucement devant la réaction de son corps. Son sexe se referma sur les doigts de Russ et son clitoris palpita sous son pouce. Tous ses muscles étaient verrouillés, elle tremblait, au sommet de sa jouissance. Russell observait sa dame savourer son orgasme. Tendrement, il plongea ses doigts plus loin jusqu'à ce qu'il rencontre la barrière à nouveau. Il laissa une griffe sortir et troua la membrane. *Ça aidera pour la suite.* Et, comme il l'espérait, elle ne sembla rien remarquer. Riley frétilla d'extase pendant un long moment, mais, enfin, elle se détendit, la joue contre l'épaule de Russ. Il lui embrassa le dessus de la tête.

- Tu te sens bien ? demanda-t-il, incapable de contenir le grondement dans sa voix.

Son ours ne pourrait être rejeté plus longtemps. *Il est temps de bouger pendant que j'ai encore le contrôle.*

- Mmmm, répondit-elle dans un gémissement sans mot.

Il sourit. *Bouche bée. Pas mal.* Russ plaça un doigt sous le menton de Riley et souleva son visage pour la ramener à la réalité à l'aide d'un baiser.

- Ton tour ? demanda-t-elle doucement, même si elle arborait maintenant un air nerveux.

- Mon tour, acquiesça-t-il. Maintenant, plus tôt, tu m'as demandé s'il y avait des rituels que tu devrais connaître. Il y en a un.

Il la remit sur pied et la dirigea vers le tapis devant la cheminée. Elle le regarda d'une curiosité éhontée pendant qu'il retirait son chandail et son pantalon.

Déglutissant, Riley glissa sa culotte le long de ses jambes, puis ses bas, et elle se tint nue devant lui.

- Qu'est-ce que ce sera ?

Russ ne put détourner le regard de la beauté féminine devant lui. Quoique petite et mince, Riley n'avait rien d'un bonhomme allumette. Des seins doucement courbés, un ventre, des hanches et des cuisses embellissaient sa silhouette. *Elle est à moi !* L'homme et l'ours grognèrent ensemble. Il s'approcha et la prit dans ses bras pour lui voler un tendre baiser. Il s'agenouilla en l'entraînant avec lui, mais, au lieu d'étendre Riley sur le dos, il lui fit faire volte-face.

- La première fois qu'on fait l'amour, ça doit être dans cette position, lui dit-il, en la pressant vers l'avant.

Elle se tourna pour regarder par-dessus son épaule.

- Cette fois ?

- Oui, seulement cette fois. Après ça, je planifie d'essayer toutes les positions qui existent avec toi, Riley. Est-ce que c'est correct ?

- Euh..., fit-elle, en plissant les yeux. Commençons par celle-là.

- Ouais. Pardon, chérie. Je ne suis pas vraiment moi-même en ce moment. Je te désire tellement. Est-ce que ça va ?

- Je me sens très... exposée. Russ, avant que je me dégonfle, tu devrais probablement te dépêcher.

Russell posa une main sur sa hanche et la caressa pour l'apaiser. Il comprenait pourquoi elle se sentait exposée. Chaque centimètre de son sexe luisant s'ouvrait devant ses yeux. Son clitoris se levait fièrement, sombre contre ses replis rosés. Il ne put s'empêcher d'y porter sa main à nouveau. Riley haleta.

- Meuh... plus ? balbutia-t-elle.

- Est-ce que tu crois que je me lasserais de te faire jouir ? Moi, non.

Russ utilisa toute la volonté qu'il possédait pour satisfaire Riley une fois de plus. Il la pénétra avec un doigt, puis deux, mais sans la barrière de l'hymen, il put entrer complètement et la préparer à recevoir ce qu'il voulait douloureusement lui donner. Aussi rapidement après son dernier orgasme, il réussit à l'amener vite au septième ciel. Après un bref moment, les hanches de Riley se balancèrent et son corps se tendit sous l'extase qui la submergeait. Russell enleva ses doigts, prit son érection d'une main et l'aligna vers son entrée. Malgré ses préparatifs, elle semblait encore impossiblement minuscule. Elle inspira entre ses dents et son corps se raidit, mais Russ ne se retira pas. Un petit coup poussa le bout de son sexe en elle. Un autre coup et son gland disparut. Il ne pouvait arracher ses yeux de la vue de leurs corps qui fusionnaient lentement. Riley haletait et sifflait, mais ne protesta jamais. Avec de petits coups de bassin lents, Russell progressa de plus en plus profond et, après ce qui lui sembla une éternité, il la remplit entièrement. Sa profondeur lui correspondait bien ; la sensation humide et la chaleur palpitante le caressaient d'un plaisir indescriptible. Incapable de se retenir, Russell rejeta la tête en arrière et l'ours rugit triomphalement, forçant un beuglement ursin à travers sa gorge humaine.

Il ne restait plus beaucoup de temps à Russ pour apprécier ce premier ébat amoureux avec sa femme. Il avait attendu trop longtemps. Mais il prit tout de même un moment pour couvrir Riley, en posant son torse complètement contre son dos, de la même façon qu'un ours le ferait. D'une voix douce et basse, il articula les paroles anciennes au-delà de la compréhension humaine. Ensuite, il se redressa et prit les hanches de Riley avec ses deux mains.

- D'accord, mon amour. Tu te débrouilles tellement bien, j'y suis presque. As-tu mal ?

- Non. C'est étrange. C'est tellement gros. Mais je n'ai pas mal.

- Bien. Et ça ? demanda-t-il en se retirant avant de s'enfoncer à nouveau, la faisant couiner. C'est bon ?

- Oui, Russell. Ça ne me fait pas mal.

Rassuré, il se mit à faire de lents va-et-vient dans son passage serré. Il n'avait pas de place pour des ébats plus intenses, mais pour aujourd'hui, ce rapport tendre serait plus que suffisant.

Riley se plaça sur ses coudes, les joues contre le tapis et les yeux clos. Le mouvement causa une secousse qui le caressa. Des perles de sueur se formèrent sur le front de Russell. Ses canines s'allongèrent et il lutta pour conserver ses doigts humains assez pour la retenir sans l'égratigner.

Vite maintenant, plus de temps à perdre, Russell se donna en grognant ; il osa même prendre Riley un peu plus fort. Un autre grognement fut arraché à sa bouche au moment où le plaisir l'envahit. Son sperme chaud se déversa profondément en Riley. Il gronda des paroles qui n'avaient jamais appartenu au langage humain. Des paroles qu'elle ne comprendrait jamais.

Quand le spasme s'estompa enfin, Russell sortit du corps de Riley et l'étendit sur le côté, avant de se placer en cuillère derrière elle.

- Je m'excuse, dit-il. J'ai perdu le contrôle. C'était tellement bon.

- Ne t'excuse pas. C'était... très bien. Tu m'as vraiment fait du bien.

- Tu m'en vois heureux. T'es une fille épatante, Riley. Je suis tellement content que tu sois à moi.

- Et je suis contente que tu sois à moi, répondit-elle, avant de rouler dans ses bras. Si contente.

Ils se regardèrent les yeux dans les yeux, emplis d'une adoration mutuelle. Russ n'osa pas avouer tout ce qu'il avait sur le cœur. Pas encore. Mais, pour l'instant, c'était assez de savoir qu'ils étaient ensemble et qu'ils ne faisaient qu'un.

CHAPITRE 5

Russell ouvrit les yeux en sursaut. Son épaule lui faisait mal et un froid considérable lui incommodait le dos. Une profonde noirceur se refermait autour de lui. *Que se passe-t-il ?* Sur le pied d'alerte, Russell étendit ses autres sens. Il n'entendait rien et quelque chose le dérangeait dans ce silence. Un truc clochait. Aucune odeur ne sortait de l'ordinaire, quoiqu'avec l'arôme féminine et florale qui embaumait la pièce entière, il ne pouvait en être certain. *Attends, féminine... florale ? Riley !* Ah oui. Sa douceur réconfortante se pressait contre le devant de son corps. Sous eux, il reconnut le tapis de fourrure. *Je suis étendu sur le plancher du salon devant la cheminée.* La découverte d'où il se trouvait l'aida à comprendre. L'odeur de Riley dissimulait à peine la fumée de la cheminée froide qui flottait. Le feu s'était éteint. L'électricité avait été coupée, ce qui expliquait le silence étrange. Le sifflement du chauffage et le ronronnement du réfrigérateur s'enregistraient rarement sur ses sens, mais leur absence avait l'effet contraire.

Russell s'affaissa, soulagé, s'éloigna du corps de Riley et rabattit le coin du tapis sur elle pour la garder au chaud. Utilisant largement son sens du toucher, il plaça des bûches et un peu de bois d'allumage dans le foyer. Tandis qu'il brassait les cendres, il trouva quelques charbons ardents qui luisaient d'un rouge vif lorsque l'air les taquinait. L'éclairage faible lui montra où trouver un journal roulé. Les briques froides du foyer mordirent sa peau nue au moment où il souffla sur le papier et le charbon et il soupira de soulagement quand les flammes montèrent. Il plaça rapidement le journal sur le bois d'allumage qui prit instantanément feu et les flammes s'élevèrent contre les bûches.

Ce serait long avant que le feu suffise pour réchauffer la maison et Russell n'avait pas envie d'attendre, nu dans le froid. Il éloigna le tapis de Riley et la souleva soigneusement. Elle ne pesait pas assez pour nécessiter sa force ursine et il la transporta facilement à travers le salon faiblement éclairé jusqu'à sa chambre. Elle remua en émettant un son endormi qui lui serra le cœur et elle se blottit contre son torse.

Il la déposa sous la courtepointe et se glissa à sa suite. Les draps froids les assaillirent et Riley se redressa en passant près de frapper Russell au visage.

- Doucement, chérie, dit-il dans un grondement sourd. Je nous ai déplacés jusqu'au lit. Tout va bien.

- Russell ? dit-elle, confuse.

- Oui, chérie. Je suis là. L'électricité est coupée, mais j'ai allumé un feu et on est maintenant sous les couvertures. On devrait vite se réchauffer.

Elle se recoucha contre l'oreiller en se rapprochant autant que possible de lui, la tête sur son épaule et son genou sur le ventre de Russ.

Russell sourit. Enneigé, sans électricité, il ne pourrait être plus heureux. Content, il ferma les yeux.

~

Russell s'assit sur le lit, mais il était conscient de n'être que dans un rêve. Riley était assise à côté de lui, les jambes repliées contre sa poitrine, les bras passés autour de ses genoux. Il lui tendit une main et elle l'attrapa.

- Intéressant, dit Russell.

- Quoi ? demanda-t-elle, avec ses yeux couleur whisky qui luisaient dans la chambre faiblement éclairée.

- Je n'ai pas eu besoin de t'inviter dans mon rêve. Tu t'y trouvais tout simplement.

- Peut-être que c'est mon rêve, suggéra-t-elle de sa manière coquine bien à elle.

Russell expira en signe de dédain.

- C'est ça, Riley. Il y a de fortes chances pour que ce soit notre rêve.

- Je ne savais pas que c'était réel, le fait de partager des rêves, dit Riley, et il vit sa perplexité. Je pensais que toutes ces fois où j'ai rêvé de toi, c'était parce que j'avais un œil sur toi...

- Et c'était totalement réciproque, rétorqua-t-il, et l'expression interrogative sur le visage et les lèvres de Riley se retroussa en un sourire et le ravit. Donc, je suis presque sûr que tu dormais avant moi. Que faisais-tu, à m'attendre ?

Riley secoua la tête.

- J'étais dehors. Les étoiles me... chuchotaient ? Je sais pas. C'était l'impression que j'avais. Et la Grande Ourse... Je l'ai aperçue et elle s'est mise à grossir et à luire plus fort. Elle avait l'air de palpiter et de luire pour moi. Je pouvais pas regarder ailleurs. Russell, qu'est-ce que ça veut dire ?

- Ça veut dire que tu as été bénie par l'Ourse des Cieux, répondit Russell, ébahi. Tu ne peux pas imaginer à quel point c'est extraordinaire. À ce que je sache, seuls les Na-Dené ont reçu son approbation jusqu'ici.

- L'Ourse des Cieux ? Pourquoi est-ce qu'elle me bénirait, Russell ?

- Je pense le savoir.

- Est-ce que c'est un truc de métamorphe ? demanda-t-elle, méfiante.

- Bien entendu. En as-tu assez des trucs de métamorphe ? On n'est pas obligé de tout aborder la première journée.

Riley grimpa sur ses genoux et il passa ses bras autour d'elle.

- Russell, dans la dernière journée, on s'est crashé dans ton avion...

- Attends une minute, l'interrompit-il, c'était un atterrissage d'urgence, pas un crash.

- OK, OK, M. Précis, dit-elle en levant les yeux au ciel. J'ai « atterri d'urgence » dans un avion avec un arbre dedans, je suis presque morte de froid, j'ai regardé mon béguin se transformer en ours et j'ai été déviergée. Je pense que, si j'ai pas paniqué encore, une histoire ne le fera pas.

- Tu es différente, Riley. OK, dit-il et l'odeur de Riley chatouilla sa conscience. Tu sais que les animaux peuvent sentir les motivations, plus ou moins ?

- Oui, dit-elle, le visage tordu, alors qu'elle essayait de concevoir ce non-sens.

- C'est pas tout à fait ça, mais un peu. L'odeur, le langage corporel et quelques autres trucs, comme des traits moins facilement définis, rendent possible pour les animaux de comprendre les motivations d'une personne avant même qu'elle le sache elle-même.

Il fit une pause en se demandant comment expliquer la suite.

- Il y a des parties en moi qui restent un ours même quand je suis dans ma forme humaine. Quelques-uns de mes sens, comme l'odorant et l'ouïe par exemple. Et mon appétit. Et il y a des parties de moi qui restent humaines quand je prends ma forme d'ours, comme mon intelligence et ma capacité à raisonner. Tu suis ?

- Ouais, je comprends.

- Bon. Eh bien, ça veut dire que je possède une bonne

intuition pour les gens. Dès notre première rencontre, je savais des choses sur toi.

- Comme quoi ? s'enquit Riley, un peu inquiète.

Il déposa un baiser sur sa main.

- Comme ta bonté. Ton envie d'aider tes étudiants, même quand ils te rendent folles. Je savais que tu avais peur de quelque chose et je savais que tu n'as pas eu peur de moi très longtemps. Je savais que tu étais gênée, mais en-dessous, tu étais intelligente et drôle. J'ai su tout ça durant la première semaine. J'ai su la première fois que tu ne causerais jamais de mal à qui que ce soit.

- Wow, fit Riley. T'as une meilleure opinion de moi que moi-même.

- J'en suis sûr. Ça n'a pas d'importance ce qu'*il* t'a dit à propos de ta valeur. Tu sais qu'il était fou, alors n'y pense plus.

La référence indirecte à son frère déclencha un frisson sur tout le corps de Riley.

- N'allons pas là. Bon, tout cela est très intéressant, mais je ne sais pas trop où tu vas avec ça. Tu savais que j'étais une bonne personne et voilà pourquoi on a cette forte attraction ?

- Oui et non. Bon, une partie de moi est toujours un ours et une partie de moi est toujours humaine. Mais il y a quelques trucs à propos de moi qui sont uniquement métamorphes. Ça va te paraître cinglé...

Riley haussa un sourcil.

- OK, peut-être un peu plus cinglé que tout le reste, ajouta-t-il, et le second sourcil rejoignit le premier et les yeux de Riley s'écarquillèrent. Un métamorphe est unique parce qu'il peut sentir sa compagne. Je sais pas trop comment ça fonctionne, si c'est le destin, la biologie ou une combinaison des deux. Personne n'a fait d'études sur les métamorphes, mais c'est un fait. Je peux le confirmer maintenant que je l'ai vécu. Si j'avais à deviner, je dirais que l'odeur de la personne dont l'ADN complimente parfaitement la nôtre créée un flux de neurotransmetteurs qui cause un lien instantané et indestructible.

- Donc, ce n'est pas un coup de foudre, mais un coup d'odorant ? lança Riley.

Russ hocha la tête.

- Exactement. Au début, je ne comprenais pas trop ce que je ressentais. J'avais entendu parler de « sentir » sa compagne, mais je pensais que c'était un mythe de métamorphe, comme l'histoire de l'Ourse des Cieux que je t'ai racontée. Celle-ci est véritable apparemment. Parce que la première fois où tu as grimpé dans mon avion, j'ai su qu'on serait bien ensemble et que je voulais être avec toi.

- Wow, souffla-t-elle. Qu'est-ce que ça signifie pour nous, Russell ?

Russ traça la pommette de Riley du bout du doigt.

- Ça signifie que je m'engage envers toi, envers notre relation. Plus je passe du temps avec toi, plus je t'apprécie. Je ne pense pas que ça va changer. Mais je réalise que tu es humaine, Riley. Que « savoir » que tu appartiens à quelqu'un à cause de ton odeur ne fonctionnera pas pour toi. Tu auras besoin de temps pour savoir si on va bien ensemble, pour bâtir la confiance et tout. Ça me va, tant qu'on est en couple pendant qu'on passe à travers ce processus.

- C'est beaucoup de détails en même temps. Je ressens quelque chose pour toi, Russell. C'est fort et doux. Tu m'attires depuis le début. Et j'aime passer du temps avec toi. Je suis contente qu'on forme un couple, mais tu as raison. L'appeler une relation prédestinée pour la vie est un concept difficile à comprendre. Qu'est-ce que ça veut dire exactement ? Est-ce que c'est un genre de mariage ?

- En quelque sorte, répondit-il honnêtement. Je m'engage envers toi, comme j'ai dit. Si on était tous les deux métamorphes, aucune cérémonie ne serait nécessaire. Quand un métamorphe trouve sa compagne, c'est terminé. Ils forment un couple pour la vie. Mais, comme j'ai dit, on va prendre notre temps.

- Tu as une définition différente de prendre notre temps que moi, répondit-elle sèchement. On est en novembre et on s'est rencontré en septembre.

Ses mots se trouvèrent affaiblis par la lueur dans ses yeux.

- Même pour un humain, se mettre en couple après deux mois, ce n'est pas inhabituel.

- Peut-être d'accepter de ne voir personne d'autre, répondit-elle, soudainement sérieuse. Mais tout ça... parler de destin et de coucher ensemble... c'est un peu rapide.

Cela ne l'était pas, il le savait, mais il ne voulait pas se disputer. Si elle avait l'impression que c'était rapide, c'était rapide. Ce que les autres pensaient n'avaient aucune importance.

- Je vais te laisser du temps, ma douce. Je ne te brusquerai pas. Tant que tu ne t'enfuis pas, tu peux avoir tout le temps que tu veux.

- Russell, dit-elle d'une voix affectueuse, le bout de ses doigts caressa la courte barbe sur la joue de Russ. Je n'ai pas l'intention de me sauver. Je ne sais rien à propos des compagnons pour la vie, mais je sais que je veux faire partie de cette relation. J'ai des sentiments pour toi. Tu as des sentiments pour moi. Nous sommes de bons amis. Si on va un peu trop vite... c'est correct. Je te fais confiance.

Ses belles paroles l'attirèrent jusqu'à ses lèvres. Il l'embrassa avec une tendresse retenue. Elle caressa son visage, leurs bouches scellées.

- Ça va aller, lui dit-elle. Attends et tu verras.

- OK, acquiesça-t-elle.

Cette fois, elle l'attrapa pour l'embrasser et enroula sa langue autour de la sienne. Il finit par se reculer, pantelant.

- Nous devrions dormir pour vrai, mon amour.

Maintenant que je t'ai... Je vais encore avoir besoin de toi bientôt.

Elle ricana et une teinte rouge s'étendit sur ses joues.

- OK.

Il s'étira dans le lit de rêve en imitant leur position dans la vraie vie.

- Dors, Riley. Je suis là.

Elle se nicha dans ses bras et ils sombrèrent dans un sommeil réparateur.

CHAPITRE 6

Être enneigé à l'Action de Grâces était vraiment amusant et ils en profitèrent aussi longtemps qu'ils le purent. Longtemps après le retour de l'électricité, ils continuèrent de se prélasser dans le chalet de Russell à parler, cuisiner et faire l'amour. Russ prit beaucoup de plaisir à enseigner à Riley à aimer le sexe. Elle s'avéra être une élève impatiente et apte. Mais le moment d'émerger de leur brouillard de plaisir pour reconnecter avec la vraie vie se pointa et, dimanche, Russell montra à Riley son garage surdimensionné, où une motoneige patientait. Elle zieuta la machine nerveusement.

- Je devine que tu n'as jamais fait un tour de motoneige, présuma-t-il.

- Non. Un de mes amis s'est cassé un bras sur un de ces engins-là quand j'étais au secondaire.

Quoique son ton était léger, ses yeux traînaient sur le chrome et un froncement inquiet se creusait entre ses sourcils. Russell la serra dans ses bras et embrassa le pli jusqu'à ce qu'il disparaisse.

- Cet enfant ne devait pas être prudent. Je vais conduire prudemment. Tu n'as qu'à te tenir après moi. Peux-tu faire ça, Riley ?

Elle hocha la tête, même si elle était loin d'avoir l'air convaincu.

- Allez, tu as fait un tour d'ours sauvage. Est-ce que ça peut être vraiment pire que ça ?

- Eh bien, dis comme ça...

Les étincelles revenaient dans ses yeux. Russell enfourcha la motoneige et tendit la main. Un instant plus tard, les courbes fragiles se pressèrent contre son dos et ses bras se serrèrent autour de sa taille.

- La sécurité d'abord, dit-il en lui tendant un casque avec une visière obscurcie. As-tu assez chaud ?

- Pas vraiment, mais je ne veux pas retourner en ville avec tes vêtements. Ils ne me vont pas. On pourra arrêter à mon appartement avant et je pourrai enfiler mes vêtements pour l'école, si ça te va.

- Bien sûr que oui, chérie.

Ensuite, il démarra l'engin et se mit à avancer. Il zigzagua entre les hauts pins, en direction de Golden, et le bruit de la motoneige noya les douces paroles de la nature. Il préférait marcher, homme ou ours, mais c'était trop loin pour Riley, surtout depuis que l'hiver s'était installée.

Éventuellement, le bourdonnement silencieux de l'engin sembla la bercer et elle s'apaisa contre lui, la tête posée contre son dos. *Elle a encore beaucoup d'ajustement à faire avant d'être vraiment chez elle en Alaska.*

Les arbres s'ouvrirent sur un petit pré avec un ruisseau partiellement gelé. Deux cerfs qui mordillaient l'écorce d'un pin levèrent la tête pour observer la créature bruyante qui venait d'apparaître près d'eux. Puis, ils se tournèrent d'un seul mouvement et sautèrent dans les buissons. Russell s'éloigna des cerfs, pour ne pas les alarmer plus que nécessaire.

La motoneige grugeait les mètres rapidement et, en moins de vingt minutes, la ville de Golden apparut à l'horizon. Premièrement, le paysage comporta quelques maisons isolées comme celle de Russell et leur fréquence augmenta. Puis, des lotissements en périphérie, coude à coude, apparurent en un ou deux pâtés de maisons de nouvelle construction. Finalement, la ville même fut visible. Quelques bâtiments plus hauts, la plupart historiques. Quelques maisons. Une école. Un magasin. Une église. Russell ralentit. Éventuellement, il s'arrêta et aida Riley à se relever. Elle grogna, se dégourdit les jambes en frottant ses cuisses endolories tandis qu'il enchaînait la motoneige à un arbre. Puis, il glissa la clé dans sa poche et attrapa sa petite amie avant de marcher dans la ville, le bras autour de sa taille.

Quoique pas très grande, Golden, à pied, avait une grandeur peu confortable à traverser dans le froid et Riley se mit rapidement à frissonner. Russ essaya de la réchauffer, mais n'eut pas le succès escompté et, le temps qu'ils arrivent à l'ancien manoir, maintenant divisé en appartements à louer, elle titubait. Ses doigts tâtonnèrent et glissèrent sur le clavier de sécurité.

- Quel est le code ? s'enquit-il.

Elle le bégaya entre ses dents qui claquaient et il s'empressa de taper les chiffres avant de la tirer à travers la porte. À l'intérieur, les radiateurs crachaient des souffles de chaleur à l'accueil du rez-de-chaussée, qui avait autrefois été un salon, même si les planchers de bois étaient à présent éraillés et usés. Russ prit Riley dans ses bras et la réchauffa du mieux qu'il le put.

Un souffle de vent glacial le mordit quand la porte s'ouvrit et il jura. Une femme aux cheveux frisés et frivoles passa le seuil et fit un son réprobateur.

- Elle est gelée, essaya-t-il d'expliquer, mais Riley prit l'initiative et leva la tête.

- Pas un mot, Margo, l'avertit-elle, son ton taquin absorbé par ses dents qui claquaient. T'as envie que je dise aux autres ce que j'ai vu la semaine passée ?

- Tu es diabolique, Riley, répondit la femme, en lissant sa chevelure noire vers l'arrière. T'as intérêt à bien préparer ton histoire, parce que toi et Russell Tadzea qui forment enfin un vrai couple... Je peux pas garder ça.

- Enfin ? On se connaît depuis deux mois, protesta Riley, dont les tremblements faiblissaient ; elle semblait plus stable sur ses pieds.

- Je pense... eh bien, tout le monde pense que vous êtes faits l'un pour l'autre. Personne ne sera surpris que tu aies succombé. S'il y avait une façon de confirmer nos soupçons... Je pense qu'ils auraient pris des paris sur la façon dont vous avez passé vos vacances.

Le visage de Riley prit une teinte écarlate douloureusement brillante.

- Je pense que tu viens de confirmer nos spéculations, chérie, souligna Russell et Margo éclata de rire.

- Quoi qu'il en soit, continua la femme, il fait froid dans ce couloir. On se revoit plus tard, les tourtereaux.

Elle sortit en coup de vent.

- À quel étage es-tu ? demanda Russell, en essayant de distraire Riley du fait que tout le monde saurait maintenant pour eux.

- Suis-moi.

Elle le guida dans l'escalier et Russell observa le papier peint déchiqueté et tombant et le plafond infiltré d'eau avec un peu de regret. Dans ces beaux jours, ce fut une des plus belles adresses en ville, la maison d'un magnat de l'or et sa famille. Mais, une fois que les petits-enfants eurent écoulé le reste de l'argent et disparu à Anchorage, Fairbanks et Nome pour trouver un emploi, l'endroit avait été abandonné. À l'évidence, les années n'avaient pas été doux avec cette vieille dame. Il présuma que Riley pouvait se payer mieux, mais dans cette ville, mieux n'était disponible à aucun prix.

Elle sortit une clé de son sac à main, déverrouilla une porte et lui fit signe d'entrer, en pointant une bosse dangereuse sur le tapis. Il fit un pas et entra dans son appartement.

Ici, l'aspect défraîchi avait été embelli avec de la peinture fraîche et des tapis colorés par-dessus les sols tachés. Même si ce n'était qu'un petit studio, Riley avait travaillé dur pour que cet espace soit douillet avec des toiles seconde main et de la vaisselle colorée derrière les portes vitrées des armoires face à la porte. Un coq rouge vif ornait un essuie-main suspendu à la porte du four. Une cuillère en céramique assortie illuminait la cuisinière. Sur la droite, une petite table et deux chaises entre des étagères bon marché et usagées grognant sous le poids de livres tout aussi bon marché et usagés. Sur la gauche, un lit de jour en laiton avait été laissé ouvert ; une courtepointe blanche et épaisse se trouvait en tas sur le dessus. Un livre en cuir était resté ouvert sur la table d'appoint à côté du canapé-lit, ses pages jaunies fortement annotées d'une main tremblante et inclinée.

- C'est un bel endroit, commenta-t-il.

- Pas comparé à ton chalet, répondit Riley.

- Qui compare ? demanda Russ, en avançant pour examiner le livre de plus près tandis que Riley ouvrait la penderie et jetait ses vêtements froissés et lavés dans l'évier dans le panier à linge à l'intérieur.

Puis, elle traversa la pièce nue pour fouiller dans une commode élancée. Une minute plus tard, vêtue d'un jean, d'un col roulé et d'un chandail, avec des bas multicolores aux pieds, elle soupira de confort.

- C'est mieux. Je pensais mourir de froid en traversant la ville.

- C'était une possibilité réelle. L'hiver en Alaska n'a rien d'une farce, l'avertit Russ, et ses yeux firent le tour de la pièce une autre fois. C'est un immeuble merdique. Tu as fait des améliorations à la pièce, mais, quand même.

Riley haussa les épaules.

- Je ne suis pas encore prête à acheter ou construire

une maison. Je pense que je vais travailler au moins un an ici pour m'assurer de pouvoir survivre à cette ville avant d'y prendre des engagements permanents. Étant donné que la seule autre location est une maison de cinq chambres dont je n'ai pas besoin, ça va faire l'affaire. Quel autre choix est-ce que j'avais ?

Russell glissa ses bras autour de la taille de Riley par derrière et posa mon menton sur le dessus de sa tête.

- Tu as une option, tu sais. Ma maison t'est toujours ouverte.

Elle se raidit.

- Russ, je..., et sa voix s'estompa.

- Je sais que tu n'es pas prête à y penser tout de suite, chérie. Mais j'ai vraiment aimé t'y avoir là. Si tu veux emménager, tu es plus que la bienvenue. Il y a une place dans le lit à côté de moi qui t'attend.

Riley se tourna dans les bras de Russell et leva les yeux vers les siens.

- Je vais y réfléchir. Pour vrai, je vais sérieusement me demander si c'est une bonne idée. Je ne te repousse pas.

- Je le sais, Riley. Je comprends que ce n'est pas une décision à prendre à la légère. Je ne m'attendais pas à ce que tu acceptes aujourd'hui.

- Je finirai probablement par le faire, admit-elle, les joues rouges.

- Tu n'en as jamais assez, pas vrai ? taquina-t-il, juste pour voir ses joues prendre leur teinte écarlate et Riley ne le déçut point.

- Embrasse-moi, méchant homme, dit-elle dans un petit rire, en l'attirant vers elle.

Russell s'attarda un long moment, ses lèvres contre celles de Riley. Son goût l'enivrait. Avoir trouvé une compagne était fantastique, bien plus qu'il ne l'avait imaginé. Il en adorait chaque moment.

- Mmmm, émit-il, à moitié dans un grognement

ursin de plaisir. As-tu froid ? taquina-t-il en passant ses doigts sur son flanc.

Elle couina et s'éloigna de lui.

- Arrête ça ! Non, je suis presque en sueur. Tu vaux mieux qu'une fournaise, Russell.

- Bon, dit-il, puis il posa un baiser sur ses lèvres. As-tu faim ?

- Je mangerais. Mais je présume que tu demandes parce que c'est ton cas.

- Tu me connais trop bien, bébé, dit-il en secouant la tête.

Il tourna la tête vers la porte, mais son oeil dériva à nouveau sur l'énorme livre posé sur la table, le texte presque obscurci par le gribouillage oblique.

- Qu'est-ce que c'est ? demanda-t-il en lui faisant un signe de tête par-dessus son épaule.

Le sourire de Riley devint triste.

- Mon seul héritage de mon père. C'était un de ses livres favoris. Il le citait pour tout.

Russell referma doucement la couverture et vit que c'était une copie en cuir des écritures de St-François d'Assise.

- Choix intéressant, commenta Russell.

- Mon père était une âme noble. Il avait été profondément blessé d'apprendre ce que mon frère... faisait.

Elle frémit. Russ pivota et se leva pour se blottir contre elle.

- Je suis là, Riley. Je serai toujours là pour toi. Il ne peut plus te faire de mal.

- Je sais, répondit-elle, quoique son ton était loin d'être stable.

- Et tu n'aurais pu mettre plus de distance entre vous, Riley. Pas sans quitter le pays. Tu t'es sauvée avant tout. Tu es forte et brave.

- Je suis une trouillarde et je me suis sauvée, avoua-t-elle en le regardant de ses yeux hantés, remplis de regret. Je lui ai tout donné et je me suis enfuie.

- Qu'est-ce que tu veux dire ? demanda Russ en souhaitant pouvoir lire dans ses pensées.

C'était à l'évidence un truc qu'elle avait besoin de raconter, mais il voyait que son désir de tout avouer vacillait.

- Qu'est-ce que tu lui as donné ?

Riley essaya de briser leur étreinte.

- Non, chérie, ne t'éloigne pas. J'ai vu ton rêve, tu te rappelles ? Ton frère n'est pas allé en prison ?

Le silence s'étira dans le petit studio. Dehors, Russ entendait le vent siffler entre les immeubles, les klaxons et les bruits de moteurs dans le trafic.

- Oui, lança-t-elle, comme si elle était désespérée de sortir les mots avant qu'elle ne flanche. Il a purgé une peine de plusieurs années pour agression... mais pas sur moi. Mais il en est éventuellement sorti. Quand mon père était encore en vie, il gardait Danny loin de moi. Puis, il est mort.

Elle renifla.

- Comment est-il mort ? demanda Russell gentiment. Était-il malade ?

- Non, souffla-t-elle bruyamment. Il a fait une attaque. Il semblait aller bien quand je suis partie, mais, le lendemain, il n'a pas répondu au téléphone. Je suis allée chez lui... Il était étendu dans son lit..., sa voix se brisa, mais elle se ressaisit. Froid et gris. Je ne veux pas me souvenir de lui comme un cadavre, Russ.

- Bien sûr que non, dit-il en caressant ses cheveux. Était-il jeune ? Était-ce un choc ?

- Pas jeune. Il avait plus de cinquante ans à ma naissance. Il allait avoir soixante-treize ans. C'était un choc, mais pas totalement inattendu. Sa pression sanguine et tout.

Russell posa ses lèvres sur sa joue.

- Je suis désolé que tu aies dû le voir comme ça. Tu

m'as dit que c'était un savant. Peux-tu t'en souvenir comme tel ? Avec ce livre à la main ?

Elle se mit à rire dans un sanglot.

- Oui. Je n'ai pas à me forcer pour ça. Il le transportait partout, tout le temps perdu dedans.

- Je peux l'imaginer. Riley, qu'est-il arrivé ?

Les épaules de celle-ci se raidirent.

- Quand il... est mort, j'ai hérité de tout. Notre maison. Sa voiture. Tous ses biens. Il m'a tout laissé.

Ça ne devait pas être grand-chose, se dit Russell. *Les savants sont rarement riches.*

- Ce n'était pas grand-chose, ajouta Riley, confirmant ses soupçons. Mais c'était la maison de mon enfance. J'avais hâte d'y vivre. Le studio que je louais après avoir commencé à enseigner n'était pas à la hauteur. Et il avait quelques économies aussi. Mais je voulais surtout rentrer à la maison. Il me manquait et je voulais être dans un endroit qui avait son odeur. C'était ma maison et je désirais y retourner, même s'il n'y était plus.

- Je comprends ça, Riley. Essayer de retrouver le chemin vers la maison... Eh bien, tu n'es pas la seule qui ressent ça.

- Ouais, eh bien. Environ trois mois après la mort de papa, je me suis réveillée une nuit et Danny était là. Il avait un couteau. Et une feuille. La feuille était un formulaire légal qui lui léguait la maison et tout son contenu, aussi bien que les comptes bancaires.

- Est-ce qu'il t'a fait mal ? demanda Russell, en prenant un inventaire mental de la peau de son amante ; aucune cicatrice douteuse ne lui vint à l'esprit.

- Non. Il n'avait pas besoin. Le voir m'avait terrifiée... J'ai signé la feuille sur-le-champ, avoua-t-elle, en enfonçant son visage dans l'épaule de Russell. Tu vois, je suis lâche.

Russell posa une main au centre de son dos.

- Tu avais peur. Après ce que j'ai vu dans ton rêve, ce

n'est pas étonnant. A-t-il abusé de toi toute ton enfance ?

Elle secoua la tête de gauche à droite.

- C'était pire quand j'étais petite. Quand maman habitait avec nous. Elle... elle était souvent partie.

- Elle te laissait seule avec lui ?

Riley croisa son regard et sa lèvre se coinça entre ses dents.

- Non. Elle était présente physiquement, mais mentalement... elle vivait beaucoup dans sa tête. Elle fredonnait, mais pas pour moi. Ets-ce que ta mère chantait pour toi, Russ ?

- Ma mère est morte quand je n'étais qu'un petit. Je me souviens à peine d'elle. Mais je ne me rappelle pas qu'elle chantait.

- Oh, fit-elle avant de cligner des yeux. Eh bien, la mienne fredonnait toujours, une chanson sans parole que je n'avais jamais entendue ailleurs. Je... Je pense qu'elle l'a inventée. En tout cas, elle ne semblait pas toujours réaliser que j'étais là. Je pouvais lui parler et elle ne répondait pas. J'ai appris à me débrouiller très jeune, à sortir de la nourriture du réfrigérateur. Je grimpais sur le comptoir pour me prendre un verre d'eau. Et elle savait pour Danny... Ou elle n'a jamais eu l'air de le remarquer.

Les bras de Riley se glissèrent autour du cou de Russell. Il sentit son besoin de réconfort et il la serra dans une étreinte aimante. Ses lèvres caressèrent son front.

- Où est-elle passée, Riley ?

- Je ne sais pas. J'avais huit ans. Un jour, elle était là et l'autre... disparue. Mon père a dit qu'elle était partie et qu'elle ne reviendrait pas, mais il ne voulait rien dire de plus. Il n'en a jamais reparlé.

- C'est triste.

Riley haussa les épaules.

- Même si je déteste le dire, les choses se sont

améliorées après ça, pour moi, en tout cas. Mon père était plus souvent à la maison et j'aimais ça. Il s'occupait de moi. Il avait aussi engagé une nounou pour me surveiller. Avec elle près, Danny ne me coinçait plus dans un coin aussi souvent. Je la suivais comme un chien de poche. Je suis presque certaine que c'est elle qui a dit à mon père ce que Danny faisait. J'étais triste quand elle s'est mariée et qu'elle a déménagé à Seattle.

- J'imagine. Eh bien, je suis content que quelqu'un ait veillé sur toi, Riley.

- Moi aussi, dit-elle et son visage s'illumina. Quelques années avant qu'Emma déménage, Danny a fait de la prison. Il s'est bagarré dans un bar et a coupé quelqu'un avec un couteau. Ils ont parlé de tentative de meurtre. Triste pour le gars, mais bon pour moi. J'ai terminé l'école, obtenu mon diplôme en enseignement et enseigné pendant deux ans en sécurité. Ma relation avec papa était forte à l'époque. J'étais bénie de l'avoir.

- On dirait bien. J'aurais aimé le rencontrer.

- Moi aussi. Il t'aurait aimé, Russ.

Russell n'en mettrait pas sa main au feu, mais il ne dit rien. Même une bonne âme pourrait avoir une opinion à propos d'un ours qui fréquente sa fille.

- Donc, je présume que, dit-il en changeant de sujet, étant donné que tu savais que Danny n'avait pas peur d'utiliser un couteau...

- C'était plus sage de lui donner ce qu'il voulait et de sortir de la ville au plus vite, finit Riley pour lui. Ça a été difficile de quitter la maison, laisse-moi te le dire.

- J'imagine. Pauvre Riley. Pas étonnant que tu arbores cet air hanté à ton arrivée en ville.

- Est-ce que j'ai encore ce regard ?

Il l'étudia et secoua la tête.

- Tu as l'air heureuse, répondit-il avant de déposer un baiser sur le bout de son nez. Et je suis assez arrogant pour m'en attribuer le mérite.

Riley se mit à rire.

- Petit comique. Tu n'as pas à t'en attribuer le mérite. J'allais te le donner.

Il pressa ses lèvres contre les siennes et l'estomac de Russell grogna férocement.

- Allez. C'est l'heure d'aller se chercher de la nourriture avant que je meure. Après tout l'exercice des derniers jours, j'ai besoin de carburant.

- Parfait. On y va ?

Russell aida Riley à enfiler son manteau avant de faire de même. Quelques instants plus tard, vêtus de foulards, de bottes et de mitaines, ils s'aventurèrent dans la rue glacée. Le vent lui coupa le souffle un instant, le taquina en mordant sa peau exposée. Riley frissonna à travers toutes ses couches. Heureusement, cette fois, leur promenade ne consistait qu'à marcher quelques pâtés de maisons.

La structure basse du café en briques rouges se levait comme un phare au crépuscule, les attirant dans son étreinte douillette. À l'intérieur, les murs de lambris en bois ressortaient à peine sous les néons et les affiches en métal qui faisaient la publicité de tout, de la bière à l'huile à moteur. Un match de football à la télévision au-dessus du bar avait attiré une foule, dont le directeur de l'école.

- Russ, cria Bill par-dessus le vacarme.

Celui-ci quitta le bar et s'approcha du couple.

- Comment avez-vous affronté la tempête ?

Il jeta un coup d'œil à Riley, qui déroulait son foulard autour de son cou. À la vue de sa teinte écarlate, il se reprit rapidement.

- Oubliez ça. Je suis content que vous soyez en sécurité. Russ, ton avion a été récupéré vendredi. Maintenant qu'il a subi une ablation d'arbre et qu'un nouveau pare-brise a été installé, il devrait être comme neuf.

- Merci, répondit Russ. Je l'apprécie.

- Pas de problème. Êtes-vous prête à en faire un tour

demain, Mlle Jenkins ?

- Oui, monsieur. Je suis prête. J'ai même hâte.

- Bonne fille, s'exclama-t-il et un grand cri près du bar capta l'attention du directeur. Merde. Raté un touché.

- Allez regarder la partie, dit Russ. Nous sommes ici pour manger.

- OK. À plus.

Et sur ce, il s'éloigna.

Russell accrocha les vêtements d'extérieur sur un porte-manteau surchargé près de la porte avant de l'escorter à une table, son bras passé autour de sa taille, la gardant collée contre son flanc. Les têtes se tournaient et les yeux les fixaient. Le visage de Riley s'approchait du violet.

- Qu'est-ce que tu fais ? siffla-t-elle quand ils se glissèrent sur une banquette. Est-ce que tu m'exhibais ?

- Ouais, répondit Russ, sans aucun remords.

- Est-ce vraiment nécessaire ?

- Ça l'est. Je m'excuse si ça te rend mal à l'aise, Riley, mais tu es à moi et j'ai besoin que les gens le sachent. C'est dans ma nature. Es-tu gênée d'être avec moi ?

Elle ferma les yeux.

- Bien sûr que non.

Il tendit la main sur la table et lui prit la main.

- Alors, où est le problème ? Les gens vont le découvrir tôt ou tard.

- Je sais. Je n'aime juste pas leurs yeux sur moi.

- Je comprends. Mais essaie de ne pas t'énerver. Ça, dit-il en levant leurs mains jointes pour embrasser ses jointures, ils n'en parleront pas pour longtemps. Tout le monde s'y attendait.

Riley soupira avec un air mal à l'aise.

- Vous voulez quelque chose à boire ? demanda Barbara, d'un air nonchalant, le crayon posé sur son calepin.

- Du café, s'il te plaît, demanda Russ. C'est glacial

dehors.

- C'est l'Alaska, répondit Barbara avec aigreur. Tu veux de la chaleur, essaie Hawaï. Riley ?

- J'aimerais bien un chocolat chaud.

- Je reviens tout de suite avec vos boissons, dit Barbara, puis elle rejeta sa chevelure en arrière. Voilà les menus, les tourtereaux. Ça sera pas long.

- Je pense que je vais m'isoler du monde, dit Riley sur un ton sinistre.

Russell éclata de rire.

L'ours polaire errait dans la neige, reniflant et émettant de faibles gémissements. La solitude semblait le retenir dans une emprise encore plus forte que la croûte glacée sous ses pattes. À travers les décennies, dans sa presqu'isolation, il ne s'était jamais senti seul. Jusqu'à cet instant. Ce moment où Riley, sa Riley, sa compagne, dormait dans son minuscule appartement en ville pendant qu'il errait aux abords de sa propriété à vingt-quatre kilomètres de là. Il s'ennuyait d'elle. La douleur ressemblait à une amputation, mais il savait que c'était idiot et qu'il exagérait. *Elle n'est qu'à vingt-quatre kilomètres. Tu pourras l'appeler demain ou même aller la voir. Tu la verras mardi soir.*

La noirceur passa de la nuit noire au début de l'aube. *Tu passeras une journée d'enfer si tu ne vas pas au lit, Russ. Pourquoi rester debout toute la nuit ?* La voix de la raison le supplia, mais son ours fébrile ne se calmait pas. L'animal désirait sa compagne. La voulait blottie contre lui dans le lit et connaissait la futilité d'essayer de dormir sans elle.

Russell s'étira sur ses pattes arrière et déchira l'écorce de son arbre préféré avec ses griffes énormes. *J'espère qu'elle emménagera bientôt... ou je vais finir par camper devant son appartement.*

CHAPITRE 7

Mardi, Russell était sur le point de péter les plombs. La fatigue des deux dernières nuits sans sommeil bouleversa même l'habileté de l'ours à faire face et la satisfaction partielle et timide qu'il éprouvait après leurs conversations téléphoniques n'était pas susceptible de soulager sa soif d'elle. Il attendit trente minutes devant l'école Golden à observer les parents venus chercher leurs petits. La vue lui serra le cœur et il réfléchit, pour la première fois de sa vie, à ce que ce serait d'aller chercher ses propres enfants à l'école. Ses enfants avec Riley. Il ressentit une profonde gratitude que sa compagne soit une femme avec autant de caractère. Oui, elle était fragile et craintive, mais elle avait un grand cœur.

Enfin, les enfants quittèrent et les enseignants se dirigèrent vers le stationnement. Perdue dans ses rêves éveillés, il passa près de rater l'arrivée de Riley. Seul le craquement de la neige devant lui porta son attention sur la petite femme à la chevelure caramel devant lui.

- Salut, dit-elle timidement, les yeux au loin.

- Salut.

Apparemment, sa langue s'était engourdie par l'impact de son apparence. *Avait-elle toujours été aussi belle ? Comment puis-je être aussi subjuguée par une femme avec qui j'ai déjà couché ?* Ne se souciant pas des gens qui regardaient, il glissa ses doigts dans sa chevelure et maintint son visage immobile pour ravager sa bouche d'un baiser sauvage et intense.

- Je me suis ennuyée, marmonna-t-elle contre les lèvres de Russ.

- Oh, Riley, grogna-t-il d'une voix autant homme qu'ours, s'ennuyer est un euphémisme. S'il te plaît...

Sa voix s'estompa ; il fut incapable de résister à l'envie de l'embrasser à nouveau. Et encore. Et encore. Riley gémit et glissa ses bras autour de son cou, emmêlant sa langue avec la sienne dans une passion éhontée.

Un klaxon brisa l'étreinte des amoureux.

- Trouvez-vous une chambre, cria une voix masculine.

Bonne idée.

- Riley, murmura-t-il, retournons chez toi. Je te veux maintenant.

- OK, accepta-t-elle.

- Je t'aime.

Puis, il lui prit la main. Les deux firent la course à travers la ville jusqu'à l'appartement de Riley. Au moment où la porte se referma, les manteaux volèrent et Russell pressa Riley contre le mur.

- Ne me laisse plus dormir seul, exhorta-t-il.

- Non, bien sûr que non. C'était l'enfer.

- Je te conduirai où tu veux, mais tu dois rester avec moi.

- D'accord, promit-elle.

- Plus de nuits dans le studio.

Il ouvrit la fermeture éclair du pantalon de Riley et le descendit sur ses cuisses.

- Non, plus de chambres séparées. Je ne le supporte pas, Russ.

Elle fit passer le chandail de Russell par-dessus sa tête.

- Je sais ce que tu veux dire.

Russell se laissa tomber à genoux. L'odeur de l'excitation enivrante de Riley taquina ses sens. Laissant le mur supporter le poids de celle-ci, il fit passer une de ses jambes par-dessus son épaule et se pencha vers l'avant.

- Russell ? gémit-elle.

Il écarta ses lèvres et s'adonna à un long examen de sa féminité luisante et gonflée. Avec son majeur et son annulaire, il écarta ses plis sur chaque centimètre. La minuscule ouverture de son corps le tentait et le désir de la prendre le submergea. Il glissa le majeur en elle. Un petit couinement s'échappa et elle se serra sur ses doigts. L'étroitesse l'agaçait. Il était impatient d'étirer sa chatte serrée avec sa chaleur palpitante. Incapable de résister, il ajouta son annulaire. Le couinement de Riley se transforma en glapissement.

- Est-ce que je t'ai fait mal ? demanda-t-il.

- Nonnnn.

Sa réponse se mélangea avec son cri de plaisir. Rassuré, il commença doucement des va-et-vient, la préparant pour la suite tout en se penchant vers l'avant. Son clitoris était foncé et gonflé ; il suppliait qu'on s'occupe de lui. Il lécha le bouton impatient et Riley lâcha un cri. Russell voulait goûter à son orgasme avant de la remplir. Riley arqua les hanches et se pressa contre lui, provoquant le sourire de celui-ci. Elle voulait qu'il la touche. Sa chatte sucrée-salée chatouilla sa langue et électrisa son excitation. Il la lécha en appréciant sa réponse impatiente et désinhibée, la conduisant sans répit au plaisir.

- Russ... Oh, bon sang !

Riley balança ses hanches, un instant collée, l'autre éloignée. Il suivit ses mouvements en sachant à quel point ce genre d'ébat pouvait être intense. Il leva les yeux et l'aperçut, les doigts serrés sur le tissu du chandail qu'elle n'avait pas réussi à enlever dans leur empressement. Tout son sexe se serrait et palpitait d'extase.

- Russell..., dit-elle en étirant son nom.

- Je suis là, dit-il. Laisse-toi aller, Riley.

Sa tête frappa contre le mur au moment où des gémissements de plaisir semblèrent déchirer sa gorge.

- Voilà ma chérie.

Il l'accompagna doucement durant son moment de jouissance, puis il la descendit lentement en supportant son corps détendu et vidé jusqu'à ce que ses deux pieds touchent le sol, puis il lui retira ce qui lui restait de vêtements pour qu'elle se tienne nue devant lui.

Il garda ses yeux sur le visage adorable de Riley, sur son corps nu et prêt, tout en enlevant ses propres bottes, son pantalon, son caleçon et ses bas. Elle l'observa à travers des yeux à moitié fermés.

- Prête, mon amour ?

- Oh oui.

Une nouvelle étincelle s'alluma dans ses yeux alanguis et elle se redressa et attrapa sa main offerte, lui permettant de la conduire jusqu'au lit. Cette fois, il était replié en canapé. Russell s'assit et attira Riley sur ses genoux, mais elle résista.

- Qu'y a-t-il ?

Ses joues rougirent, mais il se laissa tomber à genoux devant lui.

- Mon tour.

- Riley, tu n'as pas besoin de faire ça !

Mais, au moment où il le dit, son érection sauta d'impatience.

- J'en ai envie.

Cette fois, elle se pencha sur lui et posa un baiser sur le bout de son pénis. Il grogna et entrelaça ses doigts dans sa chevelure. Elle l'embrassa une autre fois et, cette fois, elle laissa le bout de sa langue glisser entre ses lèvres pour goûter la goutte de liquide pré-éjaculatoire qui s'accumulait sur le gland.

- Mmmmm.

Elle leva les yeux vers lui et sourit.

- C'est bon ? s'enquit-il.

- J'aime bien.

Riley entrouvrit les lèvres, prit la tête de son sexe dans sa bouche pour le taquiner de petits coups de langue curieux. Russell avait eu plusieurs pipes dans sa vie, mais aucune ne se comparait à la douce innocence de la bouche de Riley. Elle était pure passion et donnait généreusement, parce que c'était ce qu'elle voulait. Parce que son plaisir avait de l'importance à ses yeux. Son désir de le satisfaire était puissant et Russ le sentait presque. *C'est ça, l'amour. Je pensais le savoir, mais j'en avais aucune idée. Donner et recevoir. Essaie de donner plus.*

Puis, la pensée se fracassa au moment où la bouche de Riley glissa plus loin sur son érection. Elle en savait assez pour imiter ce qu'il lui ferait très bientôt, en faisant des va-et-vient sur son sexe, tout en le maintenant en place avec une main. Sa langue lécha doucement sa chair enflammée jusqu'à ce qu'il ait terriblement envie de jouir. *Mais pas comme ça. J'ai besoin d'être dans ma belle.*

- Riley...

Elle le relâcha dans un bruit sourd et leva la tête.

- Viens ici, ma douce. J'ai besoin de toi.

Elle prit sa main, tout en se mordillant la lèvre, et l'enfourcha. Riley détourna le regard, même quand les doigts de Russell rampèrent entre ses jambes pour trouver son point sensible et le caresser.

- Gênée, Riley ? Pourquoi ? Nous avons déjà fait l'amour.

Elle déglutit péniblement.

- Je sais pas. J'ai l'impression que c'est plus... décisif. Comme si on s'apprêtait à sceller un vœu.

Elle entoura ses doigts autour de son membre.

- Peut-être que c'est le cas, dit-il et sa main libre se

posa sur la hanche de Riley pour l'attirer contre lui. Est-ce un problème ?

Riley se mit en position sur le pénis impatient de Russell. Elle le tint pendant qu'il pressa son flanc vers le bas et il plongea lentement dans ses profondeurs humides et soyeuses, dans cette étroitesse délicieuse.

- Est-ce que tu le pensais vraiment ? demanda-t-elle, le souffle coupé, tout en commençant à monter et descendre sur lui ; il ne brisa jamais le rythme de sa stimulation sur son clitoris. M'aimes-tu vraiment ? Je veux dire... c'est tellement rapide.

- Riley..., prononça Russell à travers ses dents serrées. Riley, tu sais que c'est différent pour moi.

Il grogna. *Seigneur, c'est tellement bon.*

- Ou l'est-ce vraiment ? Tu ne le ressens vraiment pas encore ? ajouta-t-il.

- Je ressens quelque chose, dit-elle, pantelante. Je ne sais pas.

- Tu le sais. Je sais que oui. N'aie pas peur, Riley. Fais-moi confiance.

- Je... Ooooh !

L'extase la submergea et elle frémit. Le serrement délicieux de sa douce chatte porta Russell droit sur le seuil de son propre orgasme. La retenant à deux mains, il donna de grands coups de bassin dans son corps souple. Cette intense stimulation la gardait, semblerait-il, au sommet de sa jouissance jusqu'à ce qu'il l'y rejoigne. Russell grogna au moment où le plaisir le fouetta d'une force presque douloureuse.

Il émergea lentement et découvrit les doigts de Riley sur sa bouche. Il la recula un peu, les yeux fixés sur elle.

- Tu faisais des bruits d'ours. Je ne voulais pas que les voisins appellent la fourrière.

- On ne peut pas faire ça ici.

Bon sang.

- Ça va, Russell. Nous n'aurons plus besoin. J'ai décidé hier que je voulais emménager avec toi.

- Tu n'as rien dit au téléphone.

- Je pensais que ce serait mieux de le dire face à face.

Incapable de contredire sa logique, il attira le corps nu de Riley contre le sien et fit courir son pouce le long de sa colonne pendant qu'elle gardait sa tête appuyée sur son épaule.

Les minutes s'écoulèrent et ils restèrent blottis dans un moment de satisfaction langoureuse, son corps doux et chaud contre le sien. De l'autre côté de la fenêtre, les ombres du crépuscule grandissaient et s'allongeaient. Enfin, Riley soupira et se releva.

Il l'aida à se mettre sur pied. Riley grimaça et se rendit à la salle de bains. *Oups. Du sexe spontané et aucune serviette.* Puis, il réalisa ce qu'ils faisaient, ce qu'ils avaient fait, et il grimaça. Enneigés ensemble, excités et enfermés, la nature avait suivi son cours, mais ce n'était pas planifié et il n'avait pas le nécessaire.

Riley émergea de la salle de bains un instant plus tard, vêtue d'un caleçon bleu et blanc. Avec ses seins nus, elle avait une silhouette captivante. Russell ne put s'empêcher de goûter chacun de ses seins fermes.

- Arrête, protesta Riley. Si tu recommences, on n'arrivera jamais à la maison. Tu vas finir par rester prisonnier de ce petit appartement jusqu'à demain.

Russell baissa les yeux sur son corps musclé.

- Je pense que je vais manquer de place. Alors, habille-toi.

Elle lui lança un regard interrogateur.

- Quoi, chérie ?

- Comment allons-nous le faire ?

- J'ai une suggestion. Que dis-tu de ça ? Appelle Lakeville. Laisse-leur savoir que je te conduirai demain matin.

Elle se mordilla la lèvre.

- C'est une bonne idée. OK.

- Entre-temps, habille-toi. Ma maison est plus grande. Allez.

Pendant qu'elle fouillait dans ses vêtements, il reprit la parole.

- Tu sais, je viens de réaliser un truc.

- Et c'est quoi ? s'enquit Riley en attachant son soutien-gorge derrière son dos avant de tendre la main vers son jean.

- Nous... Hum, nous n'avons pas utilisé de protection.

- Oh, fit Riley avant de s'arrêter, son col roulé passé sur sa tête, mais ses bras toujours pas dans les manches. Et c'est mauvais, Russ ? As-tu une maladie dangereuse dont je ne connais pas l'existence ? Ma vie sexuelle, ou son absence, est plutôt évidente. Mais toi, avec ton talent et ton âge, tu dois avoir de l'expérience.

- Ouais, soupira Russ. C'est la tradition parmi les ours que lorsqu'un mâle atteint la maturité sexuelle à environ 25 ans, une des femmes plus âgées l'initie. J'ai vécu une expérience comme ça. Et... Eh bien, c'était il y a de nombreuses années. J'ai eu quelques partenaires. Surtout des méta-ours et ils n'attrapent pas de maladies. Je ne te rendrai pas malade, Riley. Mais une grossesse ? Les métamorphes sont moins prolifiques que les humains, mais c'est une possibilité quand même.

Enfin habillée, Riley s'approcha de Russ et passa ses bras autour de son cou, l'emprisonnant avec ses yeux captivants.

- Russell, qu'est-ce que je fais dans la vie ?

- Tu enseignes, répondit-il en se demandant où elle s'en allait avec cela.

- J'enseigne à la *maternelle*, lui rappela-t-elle. J'enseigne à de jeunes enfants. Devine quoi ?

- Tu aimes les enfants ? suggéra-t-il.

- Bingo. J'aime les enfants. Je veux des enfants. Ta façon de parler de nous, à propos du destin, des compagnes et des engagements, si je tombais enceinte, tu serais là, non ?

- Bien sûr !

L'image de Riley, avec un ventre arrondi qui contenait son enfant, rendit sa respiration difficile.

- Est-ce que tu veux des enfants ? demanda-t-elle, le visage tordu en une expression mélancolique.

- Oui. J'aimerais beaucoup. Sans compter qu'il n'y a pas beaucoup de métamorphes. Nous serions sur la liste des espèces en voie d'extinction, si les gens connaissaient notre existence. La reproduction est attendue de tous les couples.

- Voilà. Je pense que tout va bien, alors.

- Riley, tu me coupes le souffle.

La bouche de celle-ci se retroussa en un petit sourire en coin.

- Mmm, j'aurais un bébé, pas un ourson, pas vrai ? Ce n'est pas trop demandé ?

- Je n'ai aucun contrôle sur la forme qu'aura nos enfants, chérie. Il y a de fortes chances qu'on ait des bébés humains, avec probablement certains dons. Mais je suis à moitié humain et tu es humaine, donc les probabilités sont en ta faveur.

- Russell, marmonna-t-elle contre sa peau.

- Mmmmm ?

- Je... Je t'aime.

Un petit sourire apparut sur les lèvres de Russell.

- Tu m'en vois ravi. Je pense que tout ira bien maintenant.

- Je sais.

Surpris par une déclaration aussi déterminée, Russell posa ses lèvres sur la tempe de Riley.

- Comment le sais-tu ?

- Parce que je te fais confiance.

Il la prit dans ses bras. *Est-ce que ce sera vraiment aussi facile ?* Il l'espérait, parce qu'à cet instant, la vie lui semblait presque parfaite.

CHAPITRE 8

Cette nuit-là, elle était étendue à côté de lui dans le lit qu'ils partageaient désormais, à étudier le grain du bois des poutres exposées au plafond tout en méditant. *Je ne suis pas venue en Alaska pour trouver l'amour, mais pour trouver la sécurité et un nouveau départ.* Russell laissa échapper un ronflement et son souffle chaud humidifia la nuque de Riley. Une grosse main étreignait son sein et sa queue, à présent détendue après leurs récents ébats amoureux, se pressait contre son derrière. Du lit, elle voyait la fenêtre. Les stores étaient ouverts parce qu'après tout, ils n'avaient qu'une voisine et sa maison se trouvait de l'autre côté. Seuls les orignaux et les cerfs pourraient les voir. Même les ours hésitaient à se mélanger à l'étrange odeur de presqu'ours qu'ils reconnaissaient à l'intérieur.

Blottie contre Russell, sa chaleur lui faisait du bien. La faisait ressentir une sécurité qu'elle ne pensait pas ressentir un jour. *Il n'est pas comme je me l'étais imaginé.* Même avec son dos contre lui, elle voyait le blanc brillant de ses cheveux et sa peau très bronzée. Les rides séduisantes autour de ses yeux et de sa bouche. Les hommes matures étaient sexy au-delà des mots et elle ne l'avait jamais réalisé. *Pas avant que ses yeux ne se posent sur Russell la première fois. C'était comme...*

apprendre à respirer. Je me demande s'il a raison à propos du destin et de l'ADN complémentaire. Ça expliquerait mes sentiments... parfaitement assortis aux siens. Pourquoi je désire déjà tout ce qu'il suggère. J'aime ça, mais c'est troublant. Ou, du moins, Riley se sentait confuse quand elle s'arrêtait pour analyser leur relation de façon rationnelle. Quand elle laissait les choses aller, elle se sentait totalement en paix.

Même ses ronflements sont apaisants. Elle se mit à rire. Quel changement radical, passer de la petite souris effrayée et timide à la femme confiante et active sexuellement en à peine quelques mois. *Je ne m'attendais pas à aimer le sexe autant.* Maintenant, il semblerait que Riley soit devenue complètement accro à la présence de Russell, ainsi qu'à ces moments spéciaux où leurs corps fusionnaient. *Il sait ce qu'il fait. Toutes ces décennies d'expérience et il joue avec mon corps comme avec un instrument de musique.* Ce souvenir la chatouilla. *J'aime ça. Le soleil pourrait ne pas se lever pendant un mois, mais pouvoir se réveiller dans les bras de Russell et de passer les premiers instants éveillés la face dans le matelas pendant qu'il...* Même l'image de Russell qui la « prenait », comme il aimait le dire quand il se plaçait derrière, la faisait rougir de la tête aux pieds. Quoique déjà trempée de leur ébat tout juste terminé, une moiteur fraîche surgit entre ses cuisses. Russell marmonna dans son sommeil et sa main relâcha son sein pour glisser le long de son ventre pour taquiner son entrejambe. Elle inspira difficilement. *Petite gourmande. On vient de faire l'amour. As-tu vraiment besoin de plus ?* la réprimanda sa conscience, pendant qu'elle levait un genou pour laisser Russell à sa quête du sommeil. Elle avait envie de ronronner. Ce simple toucher stimulait ses terminaisons nerveuses surmenées ; un gémissement tout bas s'échappa de sa gorge. Ensuite, Russell soupira dans son sommeil, se retourna et reprit son doux ronflement. Riley ne put s'empêcher de rire. *Demain,*

Riley. Endors-toi. Tu auras amplement d'opportunités demain.

~

Une nuit agréable, de cette façon agaçante qu'ont tous les moments parfaits, passait beaucoup trop vite. Avant même de le réaliser, Russell la transportait au-delà des collines et des forêts jusqu'à Lakeville pour son mercredi avec les huit nains locaux. Quoiqu'elle ressentît plus qu'un pincement à être séparée de Russell, qui était devenu dangereusement près d'être sa raison de vivre, elle se sentit énergisée devant sa décision d'emménager avec lui, calme et prête à entamer la journée. Des contes et l'alphabet l'attendaient dans la salle de classe, prêts à être utilisés, et elle portait ses vêtements d'hiver résistants – et sous-vêtements – pour son tour comme surveillante à l'extérieur. Mais, la cerise sur le gâteau, deux heures après le départ des étudiants, Russ viendrait la chercher pour la ramener chez lui... *chez eux...* pour la nuit. Un sourire lent s'étira sur les lèvres de Riley au moment où le petit avion s'arrêta net sur la piste d'atterrissage improvisée. Elle se lèverait tôt les mercredis et jeudis, car Russ refusait de la laisser dormir une autre nuit chez les Carroll. Ça lui était égal.

- Qu'est-ce qui te fait rire, ma douce ? demanda-t-il dans ce grognement bas et sexy au moment où l'avion fut secoué avant de s'arrêter.

- Oh, rien, répondit-elle en entourant une mèche de cheveux autour d'un doigt pour flirter. Je suis juste tellement heureuse.

Il sembla entendre le message qu'elle n'avait pas prononcé, parce qu'il lui prit la main et embrassa ses doigts, le visage illuminé. *Ça m'étonne d'avoir un tel effet sur lui. J'ai passé presque toute ma vie pratiquement invisible et, maintenant, je suis avec cet homme plus âgé et séduisant qui agit comme si j'étais son rayon de soleil.* Russell glissa ses doigts le long de son bras et les passa dans sa chevelure. Riley sut ce que ça voulait dire et elle se pencha devant son empressement pour accepter son baiser. *Je t'aime, Russell,* pensa-t-elle le plus fort possible. *Je ne peux pas expliquer, ou même comprendre, comment c'est arrivé aussi vite, mais je ne peux nier la réalité. Je t'aime.*

Il entendit la pensée et répondit en enroulant sa langue autour de la sienne. Elle se recula, le souffle coupé.

- Ne sois pas méchant. Si je passe la journée toute mouillée et en manque, les enfants vont en souffrir.

Russell fit la moue, en sortant sa lèvre inférieure dans une parodie ridicule de déception.

- Tu vas me manquer.

Elle adoucit son expression d'indignation.

- Je sais. Tu vas me manquer aussi. Mais, mon amour, j'habite avec toi maintenant. Nous pouvons faire l'amour toute la nuit et les fins de semaine, chaque nuit et fin de semaine jusqu'à ce qu'on soit tannés.

- Riley, et le grondement de Russell s'était réduit à un grognement. Est-ce que tu crois vraiment que je vais me lasser de toi ? Parce que ça n'arrivera pas.

Des larmes montèrent aux yeux de Riley et sa gorge se serra, mais elle lutta pour refouler ses émotions. *Ne commence pas ta journée en pleurant. C'est trop épuisant.*

- Dis-le, exhorta-t-il.

- Je t'aime.

Les creux sur sa joue gauche se soulevèrent en un demi-sourire et il hocha la tête.

- Je t'aime aussi, Riley. Maintenant, va enseigner aux nains. Je serai de retour à dix-sept heures pour te ramener à la maison.

Elle l'attira pour un dernier baiser, puis bondit hors de l'avion avant de se dépêcher vers sa classe dans le froid mordant du matin pour ses préparations de la journée.

Honnêtement, Riley lutta pour rester concentrée sur son travail durant la journée. Elle usa de toute sa maîtrise pour repousser Russell de son esprit et se concentrer sur les huit petites personnes à qui elle devait enseigner, mais, au final, les élèves gagnèrent. À l'instant où son esprit s'égara, un chaos s'ensuivit, dans la forme d'une bataille de peinture. Dans un soupir, elle nettoya les enfants sales, reconnaissante comme toujours d'avoir payé un peu plus cher pour de la peinture lavable, et installa le responsable dans la « chaise de réflexion » pendant dix minutes. Après cela, elle se força à rester totalement présente avec la classe.

Enfin, ils avancèrent dans le couloir vers la salle de musique et Riley profita de cette opportunité pour marcher les vingt pas qui la séparaient de la maison des Carroll.

Mme Carroll, une femme à la chevelure noire parsemée de mèches argentées et aux pommettes hautes qui contrastaient de façon saisissante avec ses yeux bleu vif, la pressa dans une salle familiale qui lui était familière, avec sa décoration gaie, mais contradictoire, le signe de la maison multi-génération. Des sectionnels épurés en cuir s'agençaient à des tables d'appoint en verre, illogiquement placés à côté d'un vaisselier rustique en bois rempli de beaucoup trop de bibelots. Riley ne put retenir son sourire à cette vue. Ça lui rappelait la maison de son père, quoiqu'il collectionnât les livres, les livres et encore des livres, au lieu d'animaux sculptés en bois et de tasses avec de drôles de motifs.

- Que puis-je faire pour toi aujourd'hui, Riley ? demanda Mme Carroll. Prendrais-tu quelque chose à boire ?

- Je ne peux rester qu'une minute, répondit Riley. Les enfants auront fini bientôt en musique, mais j'avais besoin de vous dire...

Son visage rougit et elle dut inspirer profondément avant de continuer.

- J'ai rencontré quelqu'un et... et il m'a demandé d'emménager avec lui, alors je n'aurai plus besoin de dormir ici. Mais j'ai vraiment apprécié votre hospitalité.

Le visage de Mme Carroll prit une expression inquiète.

- C'est très rapide, Riley.

- Je sais, rétorqua-t-elle, et la chaleur sur ses joues la brûlait littéralement. Mais, parfois, on *sait*, c'est tout, vous comprenez ?

Intérieurement, elle leva les yeux au plafond devant son commentaire peu éloquent.

- Ça ne me rassure pas vraiment, Riley. Es-tu certaine que ce soit une bonne idée ? s'enquit Mme Carroll en posant une main sur son bras.

Riley hocha la tête.

- Je sais que ça a l'air... peut-être pas sage, mais j'ai l'impression que Russ... Eh bien, qu'il vaut le risque.

- Russ Tadzea ? fit la femme âgée, les yeux écarquillés.

Devant le hochement de tête de Riley, elle se calma visiblement.

- Oh, wow. Je n'ai jamais vu Russ faire une telle chose. Mais c'est un homme bon et fiable. Tout ira bien avec lui, Riley. Félicitations.

Riley sourit. Russ avait un impact puissant sur tout le monde.

- C'est un loup-garou, lança une voix craquelée et vacillante qui émergeait du coin.

Riley se tourna et, comme prévu, Grand-mère Carroll remuait un doigt osseux et noueux dans sa direction. Les cheveux de la femme semblèrent vibrer dans son agitation et la permanente blanche trembla autour de son visage brun comme des graines de pissenlit au vent. Riley s'approcha de la femme âgée et prit sa main.

- Je vous le promets, Mme Carroll, Russ n'est pas un loup-garou.

- Si, répéta avec entêtement la vieille femme, et tu es une traînée.

- Eh bien, je suis une traînée heureuse, répliqua Riley, piquée au vif, et elle s'éloigna de la vieille femme. Je dois retourner en classe. À la prochaine, Mme Carroll.

- Riley..., débuta la femme plus jeune, en jetant un œil à sa belle-mère.

- Ça va. Mais je dois y aller, dit Riley. Et j'ai vraiment apprécié mon temps ici avec vous durant les derniers mois.

Sans un mot de plus, Riley passa le seuil de la porte et reprit sa marche dans la rue froide jusqu'à l'école, ravie de ne pas y avoir laissé de trucs quand elle n'y était pas, de toujours avoir voyagé un sac pour la nuit. *Génial. Maintenant, je vais devoir essayer encore plus fort pour me concentrer.*

Le temps que dix-sept heures se pointe, Riley avait un mal de tête. À part les stress liés à la maternelle comme le tirage de cheveux, les accidents dans les culottes et les crayons brisés, les accusations non fondées de Grand-mère Carroll la dérangeaient encore. *Les loups-garous sont une chose, mais une traînée ? J'ai couché avec un seul homme dans ma vie.* Elle leva les yeux au ciel en se disant furieusement, une autre fois, de laisser tomber. *C'est une vieille femme de mauvaise humeur. Elle s'ennuie probablement, alors elle attaque les gens pour passer le temps. Rien de personnel. Elle te connaît à peine. Même avec le temps passé là-bas, vous n'avez pas échangé plus d'une dizaine de mots par jour.* Dans un soupir, elle traversa la classe, replaçant une chaise renversée ici et ajustant une affiche là. Elle s'interrogea pour la première fois sur la sagesse de ce qu'elle faisait. Oui, il y avait un truc avec

Russell et elle se sentait irrémédiablement attirée vers lui, mais pouvait-elle vraiment lui faire confiance ?

- Et pourquoi pas ? lança-t-elle à voix haute. Quand avait-il fait un truc indigne de confiance ?

Il ne t'a pas tout dit.

- Bien entendu, continua-t-elle. Il a besoin de se confier petit peu par petit peu, mais ça ne veut pas dire qu'il cache quelque chose. Il n'attend que le bon moment. J'aime Russell.

Tu adores ce qu'il te fait au lit, taquina une petite voix sournoise. *Peut-être es-tu vraiment une traînée.*

- Arrête ça, Riley, se dit-elle avec insistance. Je couche avec lui parce que je l'aime et que je veux être près de lui. C'est normal.

- Ça m'a l'air intense.

Riley couina, surprise, quand des bras chauds l'entourèrent par-derrière. Puis, son visage s'enflamma, en réalisant qu'elle avait été surprise à se parler tout haut.

- Pardon, marmonna-t-elle.

- Hé, pas de souci. C'est une grosse transition. Je ne suis pas étonné que tu aies quelques doutes. Je suis juste content que tu sois prête à faire face avec moi.

Elle se tourna et posa une main sur sa nuque en caressant ses cheveux blancs.

- Bien sûr.

Elle l'attira et il plaça ses lèvres en position pour embrasser. Elle ne perdit pas de temps pour les réclamer. Ici, dans ses bras, plongé dans son odeur, tout retrouvait son sens.

- Prête à partir ? demanda-t-il en reculant d'un pas, main dans la main.

- Presque. Je ne suis pas vêtue pour sortir dehors encore.

Dans son empressement à rentrer, enfiler ses vêtements lui sembla prendre une éternité.

- Est-ce qu'il est arrivé quelque chose ? demanda

Russell, quand elle enleva ses ballerines pour les remplacer par des bottes d'hiver.

- Je suis tombée sur Grand-mère Carroll, dit Riley, puis elle glissa ses chaussures dans son sac et attrapa son manteau.

- Désolé, grimaça Russell avant de l'aider à remonter la fermeture éclair.

- Je suis surprise qu'au vingt-et-unième siècle, continua Riley en enfonçant sa tuque en laine sur sa tête et ses gants épais sur ses mains, un couple qui habite ensemble dérange des gens. T'avais dit que les gens étaient ouverts d'esprit ici.

Russell bougea plus vite qu'elle ne l'aurait cru possible, surtout étant donné sa taille. Entre deux respirations, il avait son visage dans sa main pour l'embrasser à nouveau, d'un baiser bref et mouillé.

- La plupart le sont. Mais garde en tête que Grand-mère Carroll est vieille et grincheuse. Elle a ses propres problèmes. Tu n'as pas besoin d'en faire les tiens.

- Je sais. C'est ce que je me dis.

- Eh bien, n'arrête pas. Je t'aime et je te veux avec moi à chaque instant. Ça ne changera pas. Pas pour une vieille grincheuse, c'est certain. J'espère que tu penses pareil.

- Bien sûr que oui, Russ, l'assura Riley. Je ne pars pas parce que la femme loup-garou a un problème. Je n'ai pas aimé être traitée de traînée. Ça ira mieux demain.

Russell retroussa un coin de sa bouche en une parodie sinistre de sourire.

- J'ai pitié pour Mme Carroll. Imagine-toi vivre avec cette femme et ses commentaires désagréables à temps plein.

- Tu sais, dit Riley en se tournant pour se diriger vers la porte, je pensais exactement la même chose.

- De plus, elle a tort. Tu n'es qu'une gentille fille qui aime son homme. C'est naturel.

- Tu le sais mieux que quiconque, dit Riley en souriant.

Dehors, un vent glacial lui fouetta le visage et lui coupa le souffle. Elle haleta.

- Tu t'y feras, dit Russell dans un rire.

Riley le regarda diaboliquement et lutta pour aspirer de l'air dans ses poumons tandis qu'ils traversaient le stationnement et contournaient la piste d'atterrissage, où le petit avion attendait pour les ramener à la maison. *La maison.* Malgré sa journée difficile, penser au chalet remplit le creux de son ventre d'une lueur chaleureuse, d'une impatience. La chaleur dans les yeux noirs de Russell lui dit exactement ce qu'ils feraient une fois arrivés. *Continue de te ronger les sangs, vieille femme. Je serai occupée à aimer mon homme et à me foutre de ce que tu penses.*

Une fois l'avion dans les airs, Russell reprit la parole.

- Je devrai partir pendant quelques jours, Riley.

- Pourquoi ? fit-elle, en clignant des yeux. Que se passe-t-il ?

Elle regarda son bien-aimé et remarqua son expression sinistre.

- Un de mes oncles est mort. Ils tiendront un potlach pour lui ce week-end. J'ai déjà demandé quelques jours de congé pour y aller. J'y serai de vendredi à lundi, je rentrerai mardi, donc tu n'as pas à t'inquiéter pour l'avion. Tu n'auras qu'à prendre la motoneige jusqu'à Golden lundi.

Riley réfléchit en silence. L'idée du départ de Russell l'irritait. Elle n'était pas installée assez dans son chalet pour vouloir y être sans lui. Pas plus qu'une séparation de plusieurs nuits lui allait, mais ses pensées tourbillonnantes refusaient de s'unir, alors elle posa une question différente.

- J'ai déjà entendu le terme « potlach ». C'est pas un genre de fête ?

- Ouais, acquiesça-t-il, dans un hochement de tête.

Nous dansons, chantons et mangeons. On donne des cadeaux. Ce genre de choses.

Sa brève réponse réclamait plus de questions, mais Riley n'était pas certaine de la bonne façon de les poser. Russell avait l'air distant ; ses yeux étudiaient l'horizon.

- Je suis navrée pour ton oncle, dit-elle enfin.

- Ça va, Riley. Il était très vieux et sa santé l'avait quitté depuis longtemps. Il était prêt. Ce potlach sera une célébration de sa vie.

- J'aime cette idée. Est-ce que... Étiez-vous proches ?

Les yeux de Russell glissèrent vers elle pour un bref instant avant de retourner vers les collines qui approchaient rapidement. Sans la pluie verglaçante pour ralentir l'avion, il put facilement les éviter. Les cimes des arbres regroupées au sommet semblaient vouloir les toucher et chatouiller le ventre de l'avion, qui frémissait dans le vent lent.

- Pas vraiment. J'ai grandi avec la famille de ma mère. Son frère, surtout.

- Intéressant, dit Riley, ne sachant pas trop quoi faire de cette information.

- C'est en quelque sorte la tradition, autant pour les natifs que pour les clans des ours. Le frère de la mère est un élément important dans l'éducation des enfants. Il leur enseigne leur culture et leur tradition. Étant donné que je peux me transformer, j'étais gardé avec les ours quand j'étais sevré, là où mon frère, qui n'a pas ce don, passait ce temps avec notre père pour apprendre à guider la communauté après la mort de celui-ci.

Quoique ce renseignement fascinait Riley, la tension dans la mâchoire de Russell était loin de la manière décontractée qu'il arborait quand il la régalait de ses autres histoires de méta-ours. Apparemment, alors que sa culture lui était chère, ses propres expériences le faisaient souffrir.

- Est-ce que je les rencontrerai un jour ? demanda-t-elle.

Cette fois, il tourna entièrement la tête et la regarda, consterné.

- Rencontrer ma famille ?

- Oui, Russell, prononça-t-elle lentement, sans trace de sarcasme. Rencontrer les membres de la famille ne fait pas partie d'une relation ?

Il cligna des yeux, secoua la tête et retourna son attention à piloter l'avion.

- Oui, j'imagine. Je veux dire, tu peux rencontrer la famille de mon père. Ça irait. Je vais le contacter et lui demander si tu peux venir au potlach.

- Et la famille de ta mère ? Ta mère est décédée, c'est ça ?

- Oui, quand j'étais petit. J'ai été élevé par mon oncle, comme je t'ai dit, mais tu ne peux pas y aller. C'est trop dangereux.

Ses yeux glissèrent vers Riley et croisèrent son expression interrogatrice et élaborée.

- Les métamorphes sont un groupe hermétique. Ils préféreraient que seule la tribu de notre frère sache qu'ils existent et ils ne sont même pas autorisés à savoir où se trouve le village. Pour autant que je sache, je suis le seul qui sache où ils habitent, sans faire partie de la communauté. Ils me tolèrent à peine. Si nous y allions ensemble, ils nous tueraient tous les deux.

- Russ...

- Je sais, je sais, dit-il dans un soupir. Il est temps de mettre cartes sur table ? Oui, j'ai grandi là. Maintenant, je ne suis plus le bienvenu pour vivre avec eux, à cause d'un truc qui est arrivé au début de ma puberté. OK, es-tu prête pour une autre histoire, celle-ci entièrement vraie, pas qu'une légende ?

Riley retira son gant et posa sa main sur celle de Russell.

- Je veux tout entendre sur toi.

Il sourit, mais le manque d'humour transforma son expression en une grimace.

Alarmée, des milliers de pensées inutiles et aléatoires rongèrent l'esprit de Riley, s'empilant les unes sur les autres sans qu'aucune ne puisse se libérer pour traverser ses lèvres.

- Calme ton esprit en surchauffe, Riley, répliqua Russ sur un ton ironique. Je ne suis pas un criminel. C'est un truc sur lequel je n'avais pas le contrôle. OK, écoute, chérie. Laisse-moi t'expliquer un petit peu ce que c'est que d'être moi.

À son hochement de tête, il reprit.

- Une mère méta-ours n'a qu'un seul petit à la fois. Même les jumeaux sont extrêmement rares. Ça ne change pas quand elle s'accouple avec un humain. La seule chose qui peut être affectée, c'est de voir si la progéniture est un ourson, qui apprendra à changer de formes à la puberté, ou un humain.

Leurs regards se croisèrent et elle baissa le menton pour lui montrer qu'elle écoutait.

- Quand le bébé est sevré, vers l'âge de deux ans, les humains sont envoyés à leur père dans le village Na-Dené, ce qui est arrivé à mon petit frère. Les oursons restent avec le frère de leur mère et c'est pourquoi j'ai été élevé par mon oncle...

- Donc, natif ou métamorphe, interrompit Riley, aucune mère ne garde son bébé après l'âge de deux ans ?

Cette idée lui donnait la nausée.

- C'est ça.

- Eh bien, si tu crois que je vais donner notre bébé, t'es fou.

Il tourna la tête, complètement vers elle, loin de l'horizon.

- Es-tu...

- Attention.

Riley pointa un arbre qui se rapprochait dangereusement. Russell donna un coup pour que l'avion monte subitement vers le haut.

- Je ne sais pas encore, ajouta-t-elle. Mais tu ne peux pas nier cette possibilité. Nous n'avons rien fait pour le prévenir.

- Je sais, dit-il en soupirant.

- Et ce n'est pas un problème. J'aime les enfants, tu te rappelles ?

Cette fois, le sourire qui retroussa ses lèvres sembla sincère.

- Moi aussi. Ne t'inquiète pas, Riley. Je réalise que tu ne fais pas partie de ces cultures. En réalité, moi non plus maintenant. Nos bébés resteront avec nous jusqu'à ce qu'ils grandissent, promis. Je ne m'attendrais à rien d'autre de ta part.

- D'accord. Maintenant, je pense que tu me dois une explication pour ne plus faire partie de cette culture non plus ?

Son sourire disparut. *Wow. Ça doit être vraiment dur pour lui.* Riley s'étira et posa une main sur celle de Russell pour caresser la peau du revers de sa main.

- Ouais, eh bien, je suis cinglé. En tout cas, c'est ce qu'ils disent. Je ne devrais pas exister.

Les sourcils de Riley se rejoignirent à l'instant où la confusion la frappa.

- En fait, les métamorphes n'ont pas de pouvoirs psychiques. Ils peuvent changer de formes, repérer des odeurs. Tout ce qu'un ours peut faire, un métamorphe peut le faire, mais ils ne peuvent pas transmettre ou recevoir des pensées. Je l'ai hérité du côté de mon père. C'est une aptitude humaine. Jusqu'ici, les dons ne s'étaient jamais mélangés. Les métamorphes ne sont pas des télépathes et les télépathes ne se transforment pas. Quand j'ai atteint la puberté et commencé à envoyer des pensées aux autres ours, ils ont réalisé que je n'étais pas normal et m'ont renvoyé chez mon père. Mais ça a créé un problème, parce que je ne contrôlais pas mes transformations. Une minute, j'étais un enfant et la suivante, un ours polaire. Ça effrayait les gens. Donc, les ours ne me veulent pas, parce que je suis télépathe, mais les humains ne me veulent pas, parce que je suis un ours. Je suis foutu. Tu ne t'es jamais demandée pourquoi j'ai choisi de vivre parmi les blancs ? Ce n'était pas pour l'argent, promis.

- C'est plutôt triste, dit Riley, sous le choc.

- Bien dit. Je n'ai pas aimé être rejeté par la communauté des métamorphes de la rivière d'Hiver. Surtout quand le village Na-Dené n'était pas plus accueillant.

- Je suis désolée, chérie, dit Riley avant d'arrêter ses caresses pour lui prendre la main.

- C'est du passé. Les deux me tolèrent... à peine. Et j'ai un bon travail et, maintenant..., s'interrompit-il avant de placer la main de Riley sur ses lèvres. Maintenant, j'ai aussi une magnifique compagne que j'aime. Donc, pour vrai, la vie n'est pas si mauvaise.

- Vite à la maison, exhorta Riley.

Il n'admettra jamais que ça le dérange encore, mais je veux qu'il se sente mieux.

Il sortit la langue et taquina la peau tendre entre ses jointures. Elle frissonna.

Les derniers quinze minutes du vol semblèrent durer quinze heures. Le temps que l'avion s'arrête à Golden et que Russell aide Riley à en descendre, elle frétillait presque d'attente et ils leur restaient encore une longue ballade en motoneige. Les dents serrées, elle entraîna Russell derrière le bâtiment de transport de la ville : une remise assez grande pour y abriter le petit avion et un autobus scolaire. À l'arrière, la motoneige de Russell était enchaînée à un arbre.

Il ricana pendant qu'elle tapait du pied impatiemment. Il détacha le cadenas lentement de façon volontaire, ce qui lui donna envie de hurler.

- Je suis ravie de voir que ta joie est revenue, lui lança-t-elle.

- Ma femme est pressée de faire l'amour. Pourquoi est-ce que je ne serais pas joyeux ? taquina-t-il.

- Arrête ça, siffla Riley, claquant ses gants contre ses joues qui auraient dû être bien plus froides, le contact du cuir glacé sur sa peau intensifia la brûlure. Quelqu'un pourrait entendre.

- Riley, chérie, dit-il en enroulant la chaîne avant de la placer dans le compartiment sous le siège, nous habitons ensemble. Les gens ont déjà deviné que nous couchons ensemble. Est-ce que ça te gêne autant ?

Riley fit une grimace.

- Pas vraiment, j'imagine. J'ai juste l'impression que... J'ai l'impression que ça devrait être privé.

Il prit son menton dans une main et embrassa ses lèvres.

- OK, petite timide. Nous serons un exemple de discrétion... en public. Mais une fois à la maison... attention.

- C'est parfait, acquiesça Riley, le nez plissé.

- Embarque, petite Riley, exhorta Russ. Rentrons à la maison où on pourra être indiscrets en privé.

Riley enfourcha la motoneige et Russell démarra le moteur, avant de rouler dans les rues enneigées jusqu'à l'extérieur de la ville. Elle se blottit contre son dos, en s'imaginant pouvoir sentir la chaleur de son corps à travers toutes les couches de vêtements.

- Je t'aime, murmura-t-elle dans le manteau de Russell, même si elle savait qu'il ne pouvait l'entendre avec les bruits de l'engin.

Pas même avec son ouïe puissante d'ours. Le vol était peut-être long, mais la ballade l'était encore plus. Riley, qui s'ajustait encore à sa relation, se languissait d'être aussi près de Russell que possible.

Au moins, maintenant, tout contre son dos, ils se touchaient.

Environ cinq vies plus tard, ils se garèrent devant le chalet. Riley s'était habituée à se balader sur la motoneige ; elle n'avait plus mal et elle ne titubait plus quand elle en débarquait. Elle sortit les clés de sa poche et se dépêcha de déverrouiller la porte pendant qu'il rangeait la motoneige dans la remise.

L'intérieur de leur maison était froid et sombre après une journée vide et Riley alluma les lumières dans la grande pièce avant de s'approcher du foyer. Tout en contemplant la grille déserte, elle se demanda si elle avait assez appris en observant Russ le faire pour réussir par elle-même à allumer un feu. Ensuite, la peur de brûler la maison la fit abandonner le projet et elle se tourna vers le thermostat pour régler le chauffage central à une température plus confortable. La machine se mit en branle dans un ronronnement et un souffle d'air.

Russell profita de ce moment-là pour traverser la pièce et prendre Riley dans ses bras.

- Qu'aimerais-tu manger pour souper ? demanda-t-il.

- Toi, répondit-elle, en le tirant vers le bas pour pouvoir l'embrasser.

- Hé, attends ! protesta-t-il, en riant. C'est moi le prédateur, ici.

- Les humains mangent les ours, rétorqua-t-elle, le sourcil levé. Je suis la prédatrice ultime dans cette pièce.

Dans les rires, ils retirèrent leurs vêtements d'extérieur et accrochèrent leurs manteaux à côté de la porte, laissant leurs bottes sur le tapis d'entrée. Au moment où Riley enleva sa tuque, elle sut que ses cheveux débordant de statique s'étaient mis à voler dans toutes les directions. Le ricanement de Russell le confirma. Bien entendu, ses mèches parfaitement coiffées restèrent en place.

- Et voilà, marmonna-t-elle, tout en essayant de lisser sa chevelure à la dérive. Je me fais raser la tête.

- N'ose même pas y penser, insista Russell et son

ours grogna un avertissement à travers ses lèvres humaines.

Riley sourit. Taquiner un ours était synonyme de danger, mais elle ne ressentait aucune peur. Russell, malgré le fait qu'il n'était pas totalement humain, ne lui ferait jamais de mal. *Au plus, je pourrais peut-être l'inciter à me faire l'amour brusquement.* Elle déambula jusqu'à lui tout en déboutonnant sa blouse.

- Oh, ouais ? Qu'as-tu l'intention de faire pour ça, mon grand ?

La blouse tomba au sol derrière elle, la laissant avec une camisole sans manche tellement transparente que le motif de dentelle de son soutien-gorge était visible. Russ grogna à nouveau, mais elle avait déjà appris la signification de ses bruits d'ours. Maintenant, ses moqueries laissaient place au désir. *Exactement ce que je voulais.*

Elle détacha son propre pantalon en jurant après les sous-vêtements épais qu'elle portait en-dessous. Quoique nécessaires pour toutes les activités extérieures durant l'hiver, ils étaient loin d'être sexy. Elle tira sur les deux couches d'un même coup.

Se tenant devant lui avec les jambes et les bras nus, elle posa les mains sur l'ourlet de sa camisole. Il stoppa sa main.

- Oh non, arrête-toi, gronda-t-il. C'est à moi de le faire.

- Mmmmm.

Le bruit que Riley émit ressemblait presque à un gémissement. Obligée de cesser de se déshabiller, elle détacha la ceinture de Russell. L'attache de son jean succomba par la suite à ses doigts agiles. Suivie des boutons de sa chemise en flanelle rouge.

- Pressée, princesse ?

- Ne m'agace pas, Russ. Pas aujourd'hui, dit-elle à la hâte, en glissant ses manches le long de ses bras pour que sa chemise tombe sur le sol et un peu d'aide fit descendre son jean jusqu'à ses chevilles et Russell se libéra. Trop de couches.

- Doucement, bébé. Nous avons toute la nuit, dit-il avant de passer la camisole de Riley par-dessus sa tête et de détacher son soutien-gorge. Vous m'avez manqué.

Il prit un sein dans chaque main et se pencha pour lécher et mordiller chaque téton rose. Ils réagirent à son toucher et au froid de la pièce, en durcissant à leur maximum. Il s'attarda sur un, le suça et le tira.

Riley sentit ses genoux lâcher. Russ le sut immédiatement et la rattrapa par les hanches, pour la déposer sur la peau d'ours devant le foyer froid. Ensuite, il enleva son débardeur et son caleçon. À la vue de son énorme érection, Riley émit un petit son de plaisir et entoura sa main autour du gros membre. Elle ne serait satisfaite que lorsque cette chaleur rigide serait enfoncée en elle jusqu'à la garde. Son entrejambe semblait se liquéfier, sauvagement prêt, avec l'humidité qui se rassemblait sur les lèvres de son sexe. Russell glissa sa culotte le long de ses cuisses.

- Mmmmm, grogna-t-il en mettant son nez dans sa moiteur. Tu sens tellement bon quand tu es excitée. J'adore que t'arrives pas à cacher ton désir. J'en veux une bouchée depuis qu'on est monté dans l'avion.

Sans honte, Riley ouvrit les cuisses pour permettre le passage de la langue exploratrice de Russell. Il lécha, mordilla ses plis féminins et pénétra dans son puits, en évitant son clitoris.

- Russell, gémit-elle, dans le besoin d'une stimulation directe.

Il rit devant son empressement.

- Il n'y a pas de presse, ma douce.

- Je t'en prie. Je te veux, dit-elle en passant ses doigts à travers la chevelure d'un blanc soyeux.

- Comment résister à tes supplications ? D'accord, Riley. C'est ça que tu veux ?

Il lécha le centre gonflé de son plaisir.

À l'instant, des cris haletants d'extase s'échappèrent des lèvres de Riley. Elle savait que le sexe était censé être bon, mais elle ne s'était jamais imaginée ce plaisir exquis que provoquaient les doigts, la langue et le pénis de Russell. Elle aurait eu peur d'en devenir accro, mais elle avait confiance en lui. Étant donné qu'une dépendance était inévitable, Riley succomba comme toujours. Étrangement, résister à Russell n'était jamais ce qu'elle désirait. Maintenant, comme d'habitude, elle se laissa entièrement entre ses mains. C'était comme si elle cessait d'exister en tant que personne et fusionnait son être entier dans le sien... dans le leur. Ils ne faisaient qu'un, pas seulement dans la chambre, mais dans tout. Une nouvelle créature se forgeait sous tous ces morceaux impossibles, confus et désordonnés qui constituaient leurs âmes endommagées. Russell remplissait ses brisures et il semblerait qu'elle remplissait les siennes, d'une façon qu'aucun des deux ne pourrait réussir seul. C'était l'idée, quoiqu'elle sût qu'il ne le réalisait pas, qu'il la sentait chaque fois qu'ils se touchaient.

Tandis que Russell la rapprochait d'un orgasme, le désir écrasant de Riley d'attirer son amant encore plus près devint impossible à ignorer.

- Je t'en prie, répéta-t-elle, en tendant la main vers lui.

- T'es tellement proche, ma douce. Patience.

- Non, je te veux tout de suite, força-t-elle en posant sa main sur le visage de Russell. Russell, maintenant !

- Je veux que tu jouisses, protesta-t-il, en passant son pouce sur son clitoris.

- Je vais jouir... quand tu seras en moi.

Russell abdiqua rapidement, au grand soulagement de Riley. Un instant plus tard, son corps musclé la pressait contre la peau d'ours. Niché entre ses cuisses écartées, il chercha et trouva son entrée pour y glisser profondément. Les orteils de Riley se retroussèrent. Les plantes de ses pieds semblaient palpiter. Son ventre se serra.

- Oh ! fit-elle, entre un souffle et un gémissement.

Russell sortit et la pénétra une autre fois, Riley souleva son derrière pour aller à la rencontre de son coup de bassin avec appétit.

Attrapant sa nuque d'une main, elle l'attira pour capturer ses lèvres dans un baiser aimant. Chaque pénétration de son sexe dans son corps envoyait des éclairs de plaisir de la profondeur de sa chatte jusqu'à ses doigts enfoncés dans le tapis. L'instant se raidit comme un arc tendu et Riley resta étendue, comme une flèche, prête à être lancée. La passion, l'amour, le désir et la confiance se libérèrent tous au même moment, un ouragan d'émotions et de sensations qui s'écrasèrent sur Riley, en la submergeant entièrement, assez qu'elle n'était que faiblement consciente quand Russell s'enfonça profondément en elle et relâcha son extase dans son corps en attente.

La conscience revint comme des petites étincelles de lumière dans le paradis de minuit.

- Je t'aime, murmura-t-elle.

La lumière se reforma et fusionna avec les yeux magnifiques de Russell, plongés dans les siens comme des étoiles primitives.

CHAPITRE 9

*R*iley tenait fermement la main de Russell quand ils entrèrent dans le village Na-Dené. Quoiqu'elle fût toujours timide devant de nouvelles personnes, sa curiosité enthousiaste la poussait à regarder tout autour d'elle. Malgré des températures glaciales, sous l'épais manteau de fourrure qu'il avait insisté qu'elle porte, elle avait moins froid qu'elle ne s'y attendait. Une petite rivière gelée divisait la terre, et la ville, vit-elle, avait été batie autour, un petit anneau de chalets longs et bas, en bois rond. Le plus grand, celui vers lequel Russ la poussait à grande vitesse, en voulant éviter à travers son foulard des engelures qui la blesseraient, avait été inséré dans un versant de colline. *Brillant. Utiliser la terre pour fournir une régularisation naturelle de température.* Trois totems, deux avec des ailes, des visages tous colorés, rassemblés ensemble, semblaient monter la garde de la ville avec leur présence irréelle. Ils l'observaient de leurs yeux peints, la défiant de semer la pagaille. *Aucun problème*, se dit-elle. *Je n'ai aucune envie de menacer qui que ce soit.*

- L'été, l'informa-t-il d'une voix étouffée sous plusieurs couches de tissu, des fleurs sauvages poussent partout et la rivière grouille de poissons. Je te le montrerai un de ces jours. Mais, pour l'instant...

- Pour l'instant, le monde retient son souffle, finit-elle à sa place. Attendant que la lumière et la chaleur reviennent.

- Bien dit, mon amour, dit-il, les yeux brillants. Tu t'intégreras sans problème.

Riley en doutait. Après tout, si Russell, qui avait le même sang qui parcourait ses veines, était à peine toléré, comment une petite blanche du sud pourrait s'intégrer ? Mais elle persévéra, malgré le malaise au creux de son ventre. Elle voulait rencontrer le peuple de son petit ami et elle n'allait pas laisser sa timidité se mettre en travers de son chemin.

Russell la conduisit à travers une porte jusqu'à une grande aire ouverte. Les murs en bois rond brut bloquaient le vent et leur couleur naturelle et foncée réchauffait l'espace. La lumière du jour partielle et pâle, celle disponible seulement en plein hiver, filtrait les petites fenêtres propres et projetait des ombres sur le plancher de bois et les tapis colorés. Des fourrures étaient suspendues aux murs, tout comme d'étroites couvertures à franges, dans des tons de violet et de taupe avec des touches de rouge. Un vieil homme et un autre plus jeune de quelques années se levèrent d'un sofa en cuir noir et s'approchèrent.

- Père, Randy.

Les yeux de Riley glissèrent vers Russell, dont la voix était soudainement moins étouffée. Il avait retiré son cache-cou et descendu sa capuche. *Beau travail, Riley, tu te tiens immobile comme un totem. Enlève ton foulard, espèce d'idiote.* Elle tira sur la capuche en fourrure qui lui entourait le visage et roula le cache-cou pour se libérer.

- Fiston, bienvenue, entonna le vieil homme. Est-ce la femme dont tu nous as parlé ?

- Oui, père, répondit Russell. Voici Riley. Riley, mon père, Norman Tadzea.

- Bienvenue, annonça l'homme, quoique son

intonation terne sonnait peu accueillante sans être inhospitalière, juste... terne.

- Merci pour l'invitation, répondit-elle. J'aimerais m'excuser d'avance pour des erreurs que je pourrais commettre. Je ne suis pas familière avec votre culture et je ne sais pas trop comment agir.

- Je comprends, dit l'homme. Nous t'éduquerons.

- C'est apprécié, lui dit-elle.

Ensuite, l'homme plus jeune, le frère de Russell apparemment, s'adressa à elle.

- Ne t'inquiètes pas trop, Riley. Nous avons tous déjà rencontré des blancs avant. La plupart arrivent par groupes durant l'été, à la recherche d'une « expérience culturelle ». Nous les tolérons.

- Je n'en doute pas. Mais je n'ai pas envie être maladroite... même si je sais que ce sera le cas pendant un certain temps.

- Russell ne nous a jamais présenté une femme auparavant. Nous t'aiderons, insista le plus jeune des deux, et son doux sourire sur ses lèvres sculptées provoqua de petites lignes autour des coins.

Il est séduisant, mais pas autant que Russell. Je me demande quel âge il a. Pendant un instant, Riley resta ébahie devant la durée de vie prolongée des métamorphes et elle garda le silence, le temps qu'elle calme l'orage dans sa tête.

- Pardon, s'excusa-t-elle, en réalisant qu'elle fixait à nouveau. Je l'apprécie beaucoup.

Espèce d'idiote, tu te répètes.

- Viens t'asseoir, invita le père de Russell. Nous avons du café chaud et même un déjeuner si tu as faim.

- Oui, merci, père, accepta Russell aisément. Mais restez ici. Je peux m'occuper de nous. Riley.

Il indiqua un fauteuil à côté d'une petite table ronde en bois. Riley retira son manteau et le suspendit sur un crochet près de la porte, là où Russ avait laissé le sien pendant qu'elle discutait avec sa famille. Ensuite, elle s'installa sur la chaise qu'il lui indiquait. Russ passa dans une autre pièce et revint avec deux assiettes en équilibre sur son bras et une tasse de café dans chaque main.

- Seigneur, Russ, s'exclama-t-elle, surprise par son numéro d'équilibre, j'aurais pu t'aider. As-tu déjà été serveur ?

Il éclata de rire en déposant une tasse de café sur chaque sous-verre sur la petite table, avant de placer l'assiette de Riley sur ses genoux.

- Non, je n'ai jamais été un serveur. Il faudrait que je sois bien plus sociable que ça.

- Est-ce que c'est un autre truc d'ours ? devina-t-elle, au moment où il s'enfonçait dans le fauteuil assorti de l'autre côté de la table.

Les deux se trouvaient à angle droit du sofa, où Randy et le père de Russ étaient assis en silence, à l'observer avec curiosité.

- Peut-être, répondit-il. Je n'y ai jamais pensé.

Elle sourit.

- OK. Ça sent vraiment bon.

Elle inhala le parfum de bacon dans son assiette et sa bouche saliva. Tandis que Riley mangeait son repas, elle étudia la famille de Russell. Ils restèrent assis en silence, sans parler, rire ou même sourire, et pourtant, un sentiment de calme et d'acceptation les entourait. Ce n'était pas un silence désagréable et rempli de malaise. Ces hommes avaient une telle paix interne qu'ils n'avaient nul besoin de mots. Ça lui rappelait la vie avec son père. *Ma petite Riley, le monde est rempli de bavardage. Mais si tu écoutes, sous le bruit se cache la peur. C'est inutile d'avoir peur du silence. C'est entre les mots que la compréhension prend tout son sens. Écoute le silence, Riley.*

Elle suivit le conseil de son père, en s'abstenant de remplir les silences avec des mots. Oui, elle était nerveuse, mais elle maîtrisa son envie de discuter. Et, avec le temps, elle put relaxer un peu, s'immerger partiellement durant la journée, même si son esprit engorgé ne trouva jamais le repos. Elle se reprit et suivit ses hôtes dans la salle de réunion, une immense pièce en bûches rondes, avec des murs nus. La touche la plus colorée dans la pièce se trouvait être les regalia rouges et pourpres que certains portaient. D'autres revêtaient un jean et un pull. Dans un endroit stratégique, une forme rectangulaire était recouverte d'un tissage pourpre, similaire à ceux qui ornaient la maison familiale de Russ.

- Qu'est-ce qu'il va se passer ? demanda Riley à Russ, en zieutant le cercueil recouvert avec incertitude.

- Beaucoup de danse. De la nourriture et des cadeaux. C'est notre façon d'honorer les morts.

- Je n'ai pas apporté de cadeaux, chuchota-t-elle instamment. Toi non plus.

- Cette tradition est différente, a-t-il répondu en se tournant vers elle. Mon père distribuera des cadeaux aux invités.

- Oh.

Ne sachant plus quoi ajouter, Riley garda le silence pour observer. Au cours des années à venir, les images de cette journée se confondraient. Elle mangea de la viande d'original et du pain frit et but ce qui lui sembla trois litres de thé noir. Les gens chantèrent et dansèrent, en ajoutant des bâtons ornés de trucs colorés – elle ne voyait pas clairement – pendant qu'ils battaient des tambours en peau. Les danses consistaient à se pencher vers l'avant en sautillant, ou peut-être en tapant du pied. Même si elle était certaine de pouvoir suivre le rythme, Riley avait peur de commettre un faux pas et Russ lui assura qu'elle ne se voyait pas dans l'obligation de participer. Elle se retrouva assise à côté d'une charmante jeune femme de son âge.

- J'aimerais pouvoir rejoindre la danse, commenta la

jeune femme, en tapotant son ventre grandissant. Mais tout ce tapage de pieds me fait mal.

Elle fouilla dans son sac en peau et révéla ce qui paraissait être un morceau plié de cuir souple, qu'elle déposa sur ses genoux. Une autre plongée dans son sac dévoila un petit sac qui contenait des perles colorées et une aiguille. De ses doigts agiles, elle se mit à enfiler les perles et les attacher sur le cuir.

- J'imagine, dit Riley. Tu l'attends pour quand ?

- D'un jour à l'autre, répondit la femme. Et toi ?

Riley rougit.

- Je n'ai pas la confirmation de ma grossesse, répondit-elle, les doigts sur son ventre presque plat.

- Tu l'es. Je suis l'assistante de la sage-femme. Je le vois dans ton visage. Tu rayonnes. Mais je ne te connais pas. Est-ce que tu habites dans un village voisin ?

Riley secoua la tête.

- Je... euh... Mon petit ami vient d'ici.

- Qui est-ce ? demanda la femme, les sourcils froncés.

- Euh... Russell Tadzea.

L'expression perplexe de la femme Na-Dené se transforma en un grand sourire.

- Mon cousin ! Je n'avais aucune idée qu'il avait rencontré quelqu'un, il est très renfermé. Félicitations. Ce sera une bonne nouvelle pour tous quand votre enfant sera né.

Parler de l'enfant qu'elle n'était pas certaine de sentir grandir en elle était une sensation étrange pour Riley, comme si des anguilles nageaient dans son estomac – ou c'était peut-être la viande d'orignal – mais la femme ne parut rien remarquer.

- Il est unique, avec son... héritage mixte. Ils sont bien peu. Je suis ravie qu'il ait trouvé une femme. Bienvenue dans la famille, l'accueillit-elle, avant de lui lancer un regard confus. Comment t'appelles-tu ?

- Riley. Riley Jenkins.

- Riley ? Quel drôle de nom. Mon nom est Nasnanna Tadzea.

Riley se retint de lui dire qu'à ses yeux, Nasnanna sonnait bien plus étrange que Riley. *Par contre, en terre étrangère...*

Chants, danses, conversations, nourriture. Une heure en devint une autre, jusqu'à ce que Riley se sente confortable au Potlach. Même si elle ne participait pas, les gens se donnaient la peine de l'accueillir, une fois qu'ils comprenaient qu'elle accompagnait Russ.

Le soir venu, elle s'étendit à ses côtés dans un lit étroit dans la maison de son père. Elle regarda le lit, puis Russ, pressé contre le mur pour lui laisser de la place. La fraîcheur de la pièce traversait son pyjama et l'épaisse courte-pointe rouge l'invitait, sans mentionner son radiateur portable personnel.

- Allez, Riley, la pressa-t-il. Nous avons une autre grosse journée demain. Approche.

- La situation me rend mal à l'aise, dit-elle, en déglutissant.

Il soupira et lui prit la main, pour la serrer contre lui. Elle resta rigide, tendue, pendant qu'il s'installait confortablement. Il glissa un bras autour de sa taille et lui caressa le ventre de son pouce.

- Pourquoi es-tu aussi inquiète, chérie ? Qu'est-ce qui te met mal à l'aise ?

- Je sais pas trop. Tout le monde sait pour nous ? chuchota-t-elle, incapable de trouver les bonnes paroles pour expliquer cette tension.

Russell déposa un baiser sur sa tempe.

- C'est correct. Personne ne s'en offusque. Ils savent que nous sommes faits l'un pour l'autre et ils comprennent les façons de faire du peuple de ma mère.

- Donc, dans l'esprit de tous, nous sommes mariés ? s'enquit Riley, qui n'était pas fâchée ; elle essayait seulement de comprendre un concept inconnu.

- En quelque sorte. Je veux dire, tout le monde

comprend que nous sommes engagés. Ils savent, après tant de générations de mariages avec les ours, que si je dis que j'ai trouvé ma partenaire, c'est pour la vie. Là, si nous décidons de nous unir avec une cérémonie de mariage un jour, personne ne s'en offusquera non plus. Je pense que dans notre cas, les gens accepteront toutes nos décisions.

Elle médita cette idée. Russell semblait avoir d'autres plans à l'esprit. Ses caresses glissèrent vers le haut ; ses doigts se refermèrent sur ses seins. Elle immobilisa ses mains.

- Ça, par contre, je suis en désaccord. Désolé, chéri. Je ne peux pas.

Un grognement s'échappa de la gorge de Russell.

- Pas même si tu grognes comme un ours.

- Nous serons ici plusieurs jours, ma petite Riley, dit Russell ; son corps s'était affaissé, déçu.

- Et notre maison privée et douillette sera encore là à notre retour, répliqua-t-elle, ancrée sur sa décision.

- Les femmes, soupira Russell.

Riley ne put contenir son sourire. *Si nos disputes de couple ressembleront à ça, nous pourrons y arriver, même si je ne gagne pas à tout coup. C'est une bonne chose que Russ soit prêt à écouter même quand il n'est pas d'accord.* Par la suite, elle réalisa qu'ils avaient eu des rapports intimes tous les jours depuis qu'ils avaient emménagé ensemble, et la plupart des jours avant ce moment. Passer un long week-end chaste au lit avec son amoureux, une nécessité à ses yeux, se transforma en objectif presque inatteignable en un battement de cœur. Mais l'idée que le père ou le frère de Russ pensait qu'ils... le faisaient... la dérangeait beaucoup trop. Donc, elle essaya de s'installer pour dormir et, éventuellement, la chaleur de Russ et le rythme familier de ses petits ronflements la bercèrent jusqu'au sommeil.

CHAPITRE 10

Le lendemain, Russell enleva Riley du rassemblement peu après le lunch, l'enveloppa dans ses vêtements d'extérieur et la fit traverser le village à pied vers un petit bâtiment. À l'intérieur l'attendait une femme âgée. Rondouillette, elle portait un pull épais et une tresse pendouillait sur son épaule. La jeune femme enceinte que Riley avait rencontrée était assise à côté, derrière un bureau, à taper sur un ordinateur.

- Riley, je te présente Mme Forrest. C'est la guérisseuse et la sage-femme du village. Nasnanna a mentionné que tu étais peut-être enceinte. Vu tout... ce que je suis, je pensais que ce serait une bonne idée de rencontrer la sage-femme. Je n'ai aucune idée, si tu l'es, mais ce qui pourrait sembler être des anomalies aux yeux des humains, pourrait se révéler être normal pour une personne à la génétique mixte.

Il balbutia et s'interrompit.

- Je pense que nous aurions dû en discuter avant que tu me traînes ici, dit Riley sèchement, en lançant un regard acéré à son petit ami. C'est trop tôt pour dire si je suis enceinte et je pense qu'un petit bâton sera suffisant pour commencer.

- Ce n'est peut-être pas trop tôt, dit la vieille femme d'une voix douce et articulée. Nous avons de meilleurs tests que ce bâton. Nous laisserez-vous vérifier ? C'est bien de savoir.

- D'accord, soupira Riley. Qu'avez-vous besoin de faire ?

- Quand as-tu eu tes dernières règles ? demanda Nasnanna.

Riley réfléchit, puis elle se mordilla la lèvre.

- Ce n'est peut-être pas aussi tôt que je le pensais. Elles se sont terminées juste avant l'Action de grâces.

Nasnanna sourit et inscrivit une note sur le dossier.

- Bon, eh bien, dit Mme Forrest, le bâton fonctionnera.

Riley ne pouvait réellement mettre en mots pourquoi la vue de cette femme traditionnelle qui fouillait dans une armoire blanche pour en émerger avec un simple récipient et deux lingettes désinfectantes lui paraissait étrange. *J'imagine que mon enfance protégée ressort. Il est temps de grandir, Riley.* Elle se sentit un peu mieux de voir que les techniques médicales modernes semblaient être la norme.

En l'espace de quelques minutes, elle avait rempli le récipient et l'avait laissé dans la salle de bains, avant de retourner vers Russ, qui était assis dans la salle d'attente, à feuilleter une copie de *Field and Stream*.

Les deux sages-femmes se rendirent dans la portion arrière de la clinique, à travers une porte avec un grain de bois.

Au moment où Riley s'affala sur son siège, Russell leva les yeux et croisa son regard.

- C'est probablement positif, dit-elle, et malgré l'inéluctabilité de cette annonce, son cœur se mit à palpiter.

- Je sais.

- Les directeurs n'aimeront pas ça, dit-elle, en

sentant l'inquiétude monter en flèche. Penses-tu qu'ils me congédieront ?

- Parce que tu prends un congé de maternité à l'automne ? Non, répondit-il en mettant le magazine de côté pour lui prendre la main. Les gens qui engagent de jeunes femmes doivent s'attendre à ce genre de trucs. Je te promets qu'ils n'en feront pas de cas. Assure-toi de préparer tes plans de cours, mais tu auras tout l'été pour t'y mettre.

Riley hocha la tête.

- Connais-tu une bonne gardienne ? Je ne pense pas pouvoir me le permettre avec mon salaire.

- Riley, ma chérie, tu n'es pas une mère célibataire, lui rappela Russell. Je me suis engagé pour la vie, coûte que coûte. D'ailleurs, mon emploi du temps est flexible. Je peux m'occuper du petit quand tu es au travail. Je peux même te rendre visite durant ta pause, si tu veux.

Riley repoussa une soudaine brûlure dans ses yeux. Le discours de Russell avait rendu la situation encore plus réelle. C'était une chose de risquer de tomber enceinte intentionnellement en n'oubliant la protection. C'en était une autre de savoir que l'inévitable était arrivé. *Parce que c'est le cas. Ils l'ont tous compris.*

- J'ai peur, chuchota-t-elle.

- Je sais, chérie. Je ne suis pas surpris. Mais je suis là. Je serai toujours là. Tu es en sécurité avec moi, Riley.

Elle s'appuya sur les accoudoirs de leurs chaises respectives, en ignorant le métal qui se pressait douloureusement contre sa hanche, et posa sa tête sur son épaule. Il passa un bras costaud dans son dos pour la caresser.

- Ça va, Riley, murmura-t-il.

Nasnanna revint dans la pièce environ une minute plus tard.

- Je n'ai pas besoin de t'annoncer le résultat, dit-elle aigrement. Tu le sais déjà.

Riley acquiesça à nouveau de la tête, contre le chandail de Russ.

- Donc, compte tenu de la situation, Mme Forrest et moi pensons qu'il serait préférable que nous soyons vos sages-femmes. Nous fournissons tous les tests prénataux, incluant les échographies, les analyses sanguines, tout comme l'accouchement. Et, au cas où vous seriez inquiets, je suis infirmière, donc vous recevrez aussi une médecine moderne en plus de notre sagesse ancestrale.

- Je n'ai jamais déclaré le contraire, tint à préciser Riley.

- J'ai lu ton visage, insista la jeune infirmière.

- Oui, admit Riley dans un soupir. Pardonne mon moment de doute, d'accord ? La situation entière me bouleverse un peu.

- Nasnanna, ajouta Russell, dans un grognement ursin. Je ne permettrai pas le stress durant la grossesse de Riley. Si tu l'embêtes, je la *conduirai* à quelqu'un d'autre. Elle a vécu beaucoup de changements dans sa vie récemment. Pousse pas trop.

Nasnanna prit une grande inspiration. Sous son sarrau déboutonné, son propre bébé remua visiblement à travers son uniforme, faisant danser les ours et les loups imprimés sur le tissu mince devant un arrière-plan enneigé. Riley déglutit. *Je n'y échapperai pas.*

- Ça va, dit Nasnanna avec un soupir. Je comprends. Oublions cet incident, d'accord ? Et passons à la prochaine étape, comme avec n'importe quelle autre personne ?

Russ se mit à grogner, mais Riley leva une main.

- Je suis d'accord.

- Parfait, nous allons débuter en présumant que tu en es environ à huit semaines. Une échographie le mois prochain aidera à le préciser. Nous ferons des analyses sanguines et, plus tard, nous discuterons d'un plan d'accouchement. Si tu n'as aucune complication, nous te suggérerons un accouchement ici. Golden n'a pas nos siècles d'expérience accumulée. En plus, leur médecin ne sait rien sur les métamorphes, bien sûr, et si le bébé démontre le moindre signe particulier, ils pourraient y voir une urgence. Il n'y a rien de plaisant à être transporté pour une fausse urgence à Fairbanks.

- Je pense qu'ici, ça m'ira, répondit Riley.

Mme Forrest ouvrit la porte de la pièce au fond.

- Je vous prierais de venir, Riley, entonna-t-elle. Nous allons vous faire une prise de sang.

Riley leva les yeux au ciel. *Je déteste les aiguilles.*

- OK, j'arrive.

Cette nuit-là, un pansement sur le bras et la tête en ébullition, Riley observa une autre danse. Tout en étudiant le clan de son bien-aimé chantonner et piétiner, elle essaya de rassembler ses idées. Complètement futile. Elle se sentit submergée ; elle posa son front contre sa main et ferma les yeux.

- Riley ? fit une voix de femme qui la ramena dans la réalité.

- Nasnanna, répondit Riley un peu froidement, incertaine où se trouvait leur relation à cet instant.

- Je m'excuse d'avoir été brusque plus tôt, dit-elle, les yeux baissés. Je ne voulais pas paraître aussi susceptible. C'est juste que... tu sais...

- Je sais. Il y a des rustres dans ce monde. Et ma réaction était peut-être peu... flatteuse. Et sans fondement. Après tout, les sages-femmes s'occupent de naissances depuis des millénaires, bien avant la médecine moderne. Ça m'a pris une minute à m'en rappeler. Je te jure que je ne manquais pas de respect à toi, Mme Forrest ou à cette communauté, d'aucune façon. J'étais juste un peu... nerveuse.

- Les premières grossesses sont effrayantes,

acquiesça Nasnanna, en flattant son propre ventre. Je te comprends. Donc, nous sommes réconciliées ?

Riley hocha la tête.

- Je pense qu'on peut mettre ça sur le compte d'un malentendu.

- Parfait, dit Nasnanna, avec un sourire éclatant aux dents blanches, et, soudainement, elle laissa échapper un petit cri. Arrête ça, toi, lança-t-elle à son ventre, à une bosse qui pressait son ventre en ce qui semblait être un mouvement douloureux.

- Est-ce que ça fait mal ? demanda Riley, alarmée par le changement de forme rapide de la jeune femme.

- Oui, répondit Nasnanna avec franchise. Ça fait mal tous les jours. Je n'arrive plus à dormir et je peux difficilement me retenir. Mais c'est naturel. Ça aide à surmonter la peur de l'accouchement. Je suis tellement prête que je m'en fous si ça fait mal. Ce sont les voies de la nature.

- Je vois.

- Je sais que ça en fait beaucoup, ajouta la jeune femme, mais tu passeras au travers. Tout ira bien. Bientôt, je tiendrai mon petit garçon dans mes bras et tout ça en aura valu la peine. Ce sera pareil pour toi.

Riley lui fit un sourire.

- Où est son père ? J'aimerais bien rencontrer d'autres personnes ici.

Nasnanna se renfrogna.

- Afghanistan, répondit-elle, en faisant la moue. T'imagines ? C'est un Marine. Je lui ai dit qu'il fonderait comme neige au soleil, mais il ne m'a pas écouté. Donc, il ratera la naissance de son fils. Merci à Skype.

Beurk, se dit Riley. *Pas étonnant qu'elle soit un peu grognon.*

- As-tu des gens pour t'aider après l'accouchement ? s'enquit-elle.

Si Russ n'était pas là, je serais complètement seule.

- Oui. Ma mère habite à côté de chez moi et Mme Forrest est ma tante, donc on devrait s'en sortir.

- Je suis ravie de l'apprendre.

- Bon, s'exclama Nasnanna en changeant subitement de sujet, aimerais-tu en savoir plus à propos de la danse qu'ils font en ce moment ?

- Oui, acquiesça Riley sur-le-champ. J'aimerais beaucoup.

CHAPITRE 11

Le travail demain, pensa Riley, en s'étirant dans le lit qu'elle voyait maintenant comme le sien.

Son corps fourmillait encore à la suite de sa célébration du retour à la maison avec Russell. Il s'était assuré qu'elle sache à quel point elle lui avait manqué, même si elle dormait à côté de lui chaque nuit.

Riley frissonna. Chaque centimètre de sa peau avait été marqué de petites morsures et de baisers enflammés. Elle avait les lèvres gonflées et à l'intérieur... endolori le décrivait à peine. Cependant, le plaisir avait été intense et elle ne s'était pas empêchée d'hurler son extase à la charpente. *J'ai été défoncée, pensa-t-elle, en appréciant cette sensation.*

À demi-somnolente, elle enregistra tout juste du mouvement à côté d'elle, jusqu'à ce que le froid rampe dans le lit à présent vide de l'autre côté et la mordille.

Les yeux de Riley s'ouvrirent soudainement. *Il est tard. La lumière de la salle de bains est éteinte. Où est passé Russ ?* Elle se leva du lit et marcha jusqu'à la fenêtre pour y jeter un œil. Une immense pleine lune pendait au-dessus des arbres et projetait une lueur dorée comme du miel déversé sur la neige dans la nuit. Du mouvement sur la gauche capta son attention. Russell se tenait dehors, vêtu d'un jean et d'un pull. À la vue de ses pieds nus dans la neige, les orteils de Riley s'engourdirent par solidarité. Dans les arbres, une imposante forme blanche s'avança lourdement dans la clairière, en direction de son bien-aimé. Même si elle savait qu'il ne craignait rien des ours, son estomac se noua. Elle posa une main sur l'endroit secret où leur bébé se reposait.

L'ours se dressa sur ses pattes arrière pour dominer la silhouette humaine de Russ. Un rugissement fit trembler le sommet des arbres. Il répondit. *Tant que je serai en vie, je ne m'habituerai jamais au son qui sort de sa gorge humaine.*

L'ours frémit, tituba et sembla rétrécir. En un claquement de doigt, un homme aux cheveux blancs et à la peau dorée se tenait nu devant Russell. Les deux hommes se toisèrent un moment. De son point de vue, elle ne voyait que le dos de son bien-aimé, mais il semblait faire des gestes. Ensuite, il se tourna vers la fenêtre où elle se tenait. Riley se camoufla dans l'ombre, mais elle continua de regarder.

Le métamorphe inconnu se figea et donna une tape assez forte sur l'épaule de Russ qu'il tituba. Des rires grondèrent dans le pré. Les hommes passèrent encore un peu de temps ensemble avant que l'étranger ne reprenne sa forme d'ours et reparte à travers la forêt. Russell fit face à la fenêtre et la salua. Puis, il retira ses vêtements et, avant même de battre des cils, un deuxième ours disparut dans les bois.

Les joues rougies de se savoir prise à espionner, Riley retourna au lit, tira les couvertures jusqu'à son menton et ferma les yeux.

~

C'est bizarre d'être à la maison. Pourquoi ? J'ai grandi ici. Qu'est-ce qui est aussi étrange ? Elle scruta les murs du bureau de son père. *Peut-être la pagaille.* Les livres précieux de son père avaient été éparpillés sur le sol, à travers toute la pièce. Son bureau arborait des profondes rainures et coupures qu'elle n'avait jamais vues. Un des panneaux en forme de diamant était craqué et la porte pendouillait, dû à sa penture supérieure brisée. Au moment où la raison du chaos la frappa, l'anxiété lui serra les entrailles.

Elle s'éloigna du bureau, dans l'ombre de la bibliothèque, dans l'espoir de se rendre invisible à quiconque entrerait dans la pièce. Trop tard. Une main large, garnie de cicatrices, se referma sur son poignet, et à la vue des jointures tatouées, elle sentit une urgente envie de vomir. *C'est un rêve, Riley. Il ne peut pas te faire de mal en rêve.* Mais elle ne savait pas, persuadée que Danny voulait la contrôler, quel dommage pourrait se révéler réel.

- Petite sœur, souffla une voix froide et inexpressive dans son oreille. Où est-ce ?

Riley serra les dents.

- Où est quoi ? demanda-t-elle, en remuant son bras pour essayer de libérer son poignet.

- Tu le sais. Tu as essayé de m'avoir, petite fille. Ça ne se passera pas comme ça.

- T'avoir comment ? s'exclama Riley, le corps complètement glacé. Je t'ai donné tout mon héritage. Que veux-tu de plus ? Tu n'auras pas ma paie. Je l'ai gagnée et j'en ai besoin.

- Menteuse, rugit-il, et elle tressaillit, tout en s'éloignant le plus possible de lui malgré l'emprise douloureuse qu'il conservait. Tu sais ce que je veux. Donne-le-moi sur-le-champ !

- Je ne sais pas de quoi tu parles, insista-t-elle. Je ne mens pas, je le jure. Il ne reste rien. Ce n'était même pas ton père et tu as déjà tout.

En un clin d'œil, son visage passa de la rage au calme plat, mais la lueur dans ses yeux l'effraya à un point inimaginable. Il referma lentement sa main libre en un poing et la laissa l'observer.

- Es-tu certaine de ne pas vouloir y repenser ? s'enquit-il en reculant son bras.

- Il n'y a rien à dire, répéta-t-elle, d'une voix haut perchée.

Le poing partit, mais Riley, pour la première fois de sa vie, plongea. Le coup toucha sa hanche, laissant une profonde ecchymose, mais elle avait protégé son ventre vulnérable de sa rage. *Tu ne me toucheras plus jamais là. J'ai quelque chose à protéger maintenant.* Il la dévisagea, ahuri par sa résistance inattendue, et elle en profita pour donner un coup sec avec son poignet, ce qui la libéra de son emprise. Elle mit tout son poids sur son pied, puis elle le contourna en vitesse avant de partir à la course par la porte brisée du bureau. Ses bruits de pas démontrèrent la rapidité à laquelle il avait récupéré. Les pieds de Riley se firent plus légers et elle accéléra grandement, désespérée d'ajouter à son avance entre son demi-frère dangereux et son bébé à naître.

- Réveille-toi, Riley, voulut-elle se persuader. Réveille-toi et tu seras en sécurité.

- Tu ne pourras jamais m'échapper, dit-il en riant et elle sentit son souffle chaud dans son cou. Je te trouverai, peu importe ta cachette. J'obtiendrai ce qu'il me revient.

Une crampe vicieuse serra Riley au flanc, mais elle n'osa pas ralentir. Sanglotant de peur, en douleur, elle tint son mal à deux mains.

Un rugissement familier et retentissant fit trembler le bungalow de la fondation jusqu'au toit.

- C'est quoi ce bordel ? demanda Danny, à personne en particulier, les yeux fixés sur l'énorme créature blanche qui courait dans leur direction sur des pattes de la taille de son visage. Tu fais de drôles de rêves, Riley.

Elle se mit à rire de façon hystérique. Le danger avec Danny était en partie causé parce qu'il ne réalisait pas la terreur qu'il suscitait... sauf quand il voulait l'être. C'était comme si plus d'une personne vivait à l'intérieur de ce corps costaud.

- Et ce n'est pas tout, gronda-t-elle.

Cette fois, son propre poing s'envola et entra fermement en collision avec la gorge de Danny. Il croassa comme une grenouille et tituba sur le côté. Riley courut directement vers l'ours.

- Je n'arrive pas à me réveiller, Russ. Aide-moi !

Elle jurerait l'avoir vu hocher la tête un instant avant que ces imposantes pattes se posent autour de son corps. La fourrure disparut et elle ouvrit les yeux sur Russell qui la serrait dans ses bras, dans leur lit. Son flanc la faisait souffrir et sa hanche l'élançait. Elle s'accrocha à son amoureux, le cœur battant, et la terreur relâcha lentement sa poigne. Les larmes coulaient sur ses joues, elle sanglota contre l'épaule nue de Russ.

Russell la tint pendant qu'elle pleurait ; il se contenta de quelques grondements qui sonnaient plutôt comme des ronronnements. Enfin, l'adrénaline se résorba, la laissant tremblante, une épave sous la lourde courtepointe.

- Tu ne m'as jamais dit que Danny était un dreamwalker aussi.

- Je ne le savais pas. J'ai fait des cauchemars sur lui toute ma vie, mais avant ce soir, je ne savais pas qu'ils étaient réels.

- Trop réel, répondit-il, en rejetant les couvertures pour révéler sa hanche, où une large marque rouge prenait lentement une teinte pourpre. S'il avait frappé...

La grande main de Russell se posa sur son ventre. Elle entendait ses dents grincer. Ses doigts s'enfoncèrent dans sa peau.

- Je ne le laisserais jamais faire, précisa-t-elle, en rejetant sa main trop insistante. Je connais l'enjeu. Je sais comment Danny bouge et ce qu'il fait.

- Ce n'est pas assez, dit Russell sombrement. Si tu

meurs dans le rêve, tu meurs vraiment. D'où crois-tu que les légendes proviennent ? Si quelque chose t'arrivait, Riley, je ne le supporterais pas. Tu dois te protéger. Tu dois l'empêcher d'entrer dans tes rêves.

La respiration difficile de Riley reprenait un rythme normal, tout comme les battements de son cœur. Blottie en sécurité dans les bras de son ours, elle devait accepter la vérité dans les paroles de Russ.

- Tu as raison, dit-elle et son odeur qui rappelait l'air frais et la chaleur d'un homme vigoureux l'aida. Comment puis-je le bloquer ? Je n'ai jamais voulu le laisser entrer. Je veux seulement dormir. Je suis tellement fatiguée. J'ai besoin d'une bonne nuit de sommeil.

- Tu seras encore fatiguée demain. Les cauchemars sont aussi épuisants que lorsqu'on reste éveillé.

- Je sais, dit Riley en bâillant, le réveil indiquait deux heures du matin. Comment puis-je m'assurer qu'il ne me trouvera pas ? C'était trop près.

Elle caressa du bout des doigts sa hanche.

- Pour ce soir, laisse-moi veiller sur toi. Je peux te protéger, éveillé ou endormi. Plus tard, quand tu seras reposée, nous trouverons un moyen de protéger tes rêves. Ce sera le plan du week-end, OK ?

- OK.

Réchauffée et apaisée par la présence puissante de Russell, rassurée de savoir qu'il veillerait sur ses rêves autant que ses moments d'éveil, Riley succomba à la fatigue et sombra dans un profond sommeil.

~

- Est-ce que tu te moques de moi ? s'exclama Riley, en fixant l'immeuble qui ne ressemblait en rien au reste de Golden.

Le petit bâtiment à un étage détonait sèchement entre le vinyle gris et les briques rouges de chaque côté.

L'édifice semblait avoir été construit avec les planches de la coque d'un navire démantelé. La façade courbait également comme le dessous d'un bateau. Chaque planche était peinte d'une couleur différente. En partant du bas, une ligne violette passait au bleu, suivi d'un vert, d'un orange et d'un jaune ; le toit, quant à lui, était fait de bardeaux rouges. Deux immenses vitrines étaient encadrées de volets multicolores qui reflétaient le même motif que la structure. Dans les fenêtres à la gauche de la porte d'entrée de couleur vert vif se trouvaient trois livres antiques et poussiéreux, posés sur un velours mauve. À la droite, la vitrine entière avait été transformée en une jardinière, remplie de pousses vertes. Une lampe chauffante pendouillait au-dessus. Une affiche dans la vitrine annonçait du germe de blé pour 1 $.

- Ouais, pourquoi pas ? demanda Russell. Je t'ai avertie que les gens en Alaska étaient différents. Là, écoute. Avant de te mettre de drôles d'idées en tête, Samantha est une physicienne diplômée. Si tu veux te sentir étourdie, oublie ses concoctions à base de plantes et demande-lui de t'expliquer la nature quantique du phénomène empathique. Elle sait de quoi elle parle.

- J'ai visité quelques boutiques New Age. Portland en possède quelques-unes. Et je suis aussi allée à Seattle. Je ne m'attendais pas à en voir une ici.

- Et bien oui, dit-il, et son sourire lui donna envie de l'embrasser. Devrions-nous entrer ? Pour savoir ce qu'elle recommande pour protéger tes rêves ?

- Oui, accepta Riley aisément et, main dans la main, ils pénétrèrent dans la boutique d'une seule pièce.

Tel qu'attendu, l'intérieur se dévoila aussi inhabituel que l'extérieur. Un mur entier exposait des étagères étroites débordantes de petites bouteilles. Sous chacune d'elle, une étiquette décrivait leur contenu, d'acacia à yucca. Le mur du fond, face à la porte, avait été transformé en un long comptoir. Une extrémité était réservée à la presse où le germe de blé était produit. Un plateau contenait plusieurs petits verres et un seau sur le sol semblait agir de poubelle pour les verres vidés, quoiqu'aujourd'hui il n'avait pas servi. À l'autre bout, la caisse enregistreuse attendait une vente. Le mur opposé à l'apothicairerie était entièrement couvert d'étagères, rempli de livres.

Au centre de la pièce, une femme à la chevelure blonde et aux yeux bleu perçant était assise à une table. La nappe à paillettes violettes s'agençait au foulard qui nouait sa chevelure en queue-de-cheval derrière sa tête. Elle revêtait un tailleur noir. Cette vue fit sourire Riley, malgré la fatigue et la nervosité.

- Bonjour Russ, accueillit la femme.

- Amy.

- Toi, c'est Riley, c'est ça ? La nouvelle enseignante de maternelle ?

Riley hocha la tête, déjà habituée à se faire reconnaître par des résidents qui ne fréquentaient même pas l'école. *Golden est une petite ville après tout.*

- Que puis-je faire pour vous deux aujourd'hui ? demanda Amy. Asseyez-vous et discutons. Vous avez l'air stressé.

- Riley est une dreamwalker, dit Russell sans préambule, en la pressant de s'asseoir.

Les grands yeux bleus d'Amy prirent des proportions alarmantes.

- Es-tu certaine ? demanda-t-elle directement à Riley.

- J'imagine. J'ai fait le même rêve que Russell à plusieurs reprises.

- Oh, intéressant. Alors, où est le problème ?

Riley lança à Russ un regard implorant. Il souligna sa demande d'un petit sourire.

- Riley a reçu des menaces dans un rêve. Un homme de son passé la traque et essaie de la blesser.

- Êtes-vous certains qu'il n'est pas simplement en train de rêver ? suggéra Amy. Parfois, les rêves récurrents d'une personne ressemblent à une rencontre métaphysique avec une autre.

Riley secoua la tête.

- Si tu voyais l'ecchymose qu'il m'a laissé...

J'aurais préféré que Russ ne le décrive pas de cette façon. Danny est mon frère, pas un ancien amant.

Amy lui toucha la main.

- C'est très dangereux, Riley. Si vous êtes tous les deux assez présents dans le rêve pour lui permettre de te blesser physiquement, tu te trouves dans une situation précaire.

- Plus que tu le crois, marmonna Riley.

Amy lui lança un regard interrogateur. Riley soupira. Ils ne pourraient pas garder le secret encore bien longtemps de toute façon.

- Je suis enceinte. Je ne veux pas que Danny fasse mal à mon bébé.

- C'est très inquiétant, dit Amy, avant de pincer les lèvres. Avec la jalousie et tout.

- Danny est mon frère, dit Riley, les yeux au ciel. Garde ça à l'esprit.

- Oh, fit Amy, étonnée.

- Ça reste un connard fou et dangereux et je veux qu'il quitte mes rêves. Peux-tu m'aider ?

- Bien sûr ! accepta Amy. Laissez-moi réfléchir. Je ne suis pas une dreamwalker. Je suis du type concoctions à base d'herbes et cristaux. Ils ont une longue histoire d'utilisations traditionnelles éprouvées, du moins de façon anecdotique. Je pense que nous devrions débuter avec une protection personnelle, puis s'occuper de la chambre ainsi que la maison en entier. Éventuellement, tu devras rencontrer un dreamwalker expérimenté qui pourra te guider dans la manière de protéger tes rêves.

Par la suite, elle se tourna vers Russell.

- Tu ne peux pas l'aider ?

- Je devrai vérifier quelques théories, répondit Russell en pleine réflexion. Je n'ai jamais fait face à une menace ciblée. Mon père cherche à trouver qui pourrait nous aider. Il n'était pas sûr non plus.

- D'accord, acquiesça Amy. Entre-temps, laissez-moi réfléchir. Comment pouvons-nous bloquer tes rêves d'intrus indésirables ?

Elle frappait son ongle contre une dent. Ensuite, elle se leva et tourbillonna dans la boutique telle une minuscule tornade blonde. Se faufilant derrière le comptoir, elle disparut pendant un instant pour fouiller dans le comptoir vitré et revint avec une longue chaîne en argent d'où un pendentif en argent avec un filigrane contenait une pierre lisse noir mat.

- C'est un jaspe noir, l'informa Amy. Porte-le en tout temps. Il a de fortes propriétés de protection ainsi que de guérison. Si ton frère te fait du mal depuis longtemps, tu en auras besoin. La rumeur dit qu'il apporte la chance dans la bataille et bloquer ton frère de tes rêves sera une bataille spirituelle, sans aucun doute.

Riley accepta le collier et l'accrocha autour de son cou.

- Laissez-moi réfléchir. OK !

Amy courut vers les étagères d'apothicairerie. Elle en retira une petite bouteille, secoua quelques minuscules boules brunes dans sa main et les ramena au comptoir. Elle se remit à fouiller et sortit une plaque chauffante électrique, sur laquelle elle déposa un récipient en verre. Elle lâcha une poignée d'herbes dedans, ajouta du liquide provenant d'une bouteille étiquetée « eau bénite » et alluma la plaque.

- Rince avec cette décoction de racines de la bardane. Elle t'aidera à guérir les sentiments négatifs que tu cultives. Je suis sûre que ça fait partie du problème, n'est-ce pas ?

- Ouais, soupira Riley, c'est vrai. Je suis une vraie trouillarde.

- C'est faux, la rassura Amy, et Russell lui serra la

main sur la table. Ton frère a travaillé fort pour te démoraliser, autant éveillée qu'endormie, pas vrai ?

Elle attendit que Riley hoche la tête et continua.

- C'est un sérieux impact sur ta propre estime. Ce n'est pas ta faute, mais tu dois y remédier. Pour renforcer ta psyché. Tu n'es plus sous son joug à présent.

- OK, je vais l'acheter.

- Maintenant, pour tes troubles du sommeil. Un oreiller empli d'herbes protectrices est un bon début. Russell, pourrais-tu m'apporter un oreiller vide du compartiment sous la fenêtre à gauche ?

Riley suivit les gestes de son petit ami des yeux. Sans surprise, sous les grandes vitrines à l'avant de la boutique, quatre tiroirs de chaque côté étaient remplis de... Riley n'en avait aucune idée. Russell se releva après une recherche dans le tiroir supérieur, tenant à la main un sac couleur écru.

- Est-ce que c'est ça ?

- Oui, acquiesça Amy.

Il le lui tendit. Riley se leva et les rejoignit au comptoir.

- De l'aigremoine, débuta Amy, en secouant quelques feuilles séchées dans le sac.

Le tissu, du coton non blanchi, avait été cousu sur trois côtés, avec une ouverture sur le dernier côté, qui permit à Amy d'y glisser la recette de protection du sommeil qu'elle a concoctée.

- Cela dissipera les influences négatives. De l'anis pour prévenir les rêves perturbants. Du baume pour casser la négativité. De la bergamote pour empêcher les interférences et favoriser un sommeil réparateur. Tu en auras besoin pour ta grossesse également. Des violettes bleues pour dormir aussi et la cataire pour te protéger dans ton sommeil.

À une vitesse qui ahurissait Riley, Amy se déplaçait le long des étagères alphabétisées et saupoudrait une herbe après l'autre dans l'oreiller. Puis, elle se dirigea vers les tiroirs à l'avant de la boutique et en sortit un contenant dont elle versa le contenu dans l'oreiller.

- Les écales de sarrasin apportent la prospérité financière, mais ils sont aussi confortables.

- Hé, dit Riley, la prospérité financière serait la bienvenue aussi.

Ils éclatèrent de rire. Enfin, Amy revint vers la table et, avec quelques coups habiles d'une aiguille qu'elle semblait avoir sorti du tissu dans ses cheveux, elle referma l'ouverture avant de tendre l'oreiller à Amy.

- Tiens, est-ce que tu l'aimes ?

Inquiète par l'effet que toutes ces herbes pourraient avoir sur son sens de l'odorat, que la grossesse avait rendu tellement sensible que l'odeur du nettoyant qu'utilisaient les concierges de l'école lui donnait des haut-le-cœur, elle renifla prudemment. Des odeurs de citron mûr, de pin et de réglisse se mélangeaient joliment ensemble, avec un soupçon épicé. Riley y enfonça son visage et inspira profondément. Un sentiment de calme l'envahit.

- Je l'adore !

- Attention, ne t'endors pas en t'assoyant, s'exclama Russ, puis il attrapa l'oreiller et renifla. Ça sent bon.

- Je suis contente que vous l'aimiez. Maintenant, un petit truc à saupoudrer ici et là pour la protection. De l'angélique pour créer une barrière contre les ondes négatives, j'en mets beaucoup. Du basilic pour les ondes positives et la force. De l'eupatoire pour se débarrasser du mal et des ondes négatives. Du Calendula pour la protection et des beaux rêves.

Cette fois, Amy avait choisi un sac en plastique et recommencé à y jeter des herbes, en expliquant à nouveau chacun de ses gestes jusqu'à ce que l'esprit de Riley soit noyé sous les termes et les définitions. Rapidement, le sac se remplit d'un mélange de brins gris-vert et de fleurs fanées.

- Saupoudre deux lignes épaisses de ceci sous le lit, en un cercle parfait pour créer deux boucliers contre toute influence menaçante. Rien ne devrait entrer dans tes rêves, à part vous deux. Je te conseille aussi de dessiner une croix dans chaque coin de la maison avec, au cas où tu t'endormirais sur le canapé ou ailleurs. Je vais écrire la recette et en préparer en grande quantité pour que tu en aies d'autre. Rajoutes-en fréquemment.

Russ et Riley firent tous deux oui de la tête. Il paraissait aussi ahuri qu'elle devant le tourbillon d'information.

- Une dernière chose. Je vais vous préparer un mélange à brûler. Saupoudrez-en dans le feu ce soir pour purifier toute onde négative restante dans votre maison, expliqua Amy, avant de rassembler des herbes, en marmonnant pour elle-même. De l'alétris farineux pour la protection... De l'orcanette pour l'influence positive... De la racine d'althée pour attirer les bons esprits... Un peu plus d'angélique.

Le temps qu'ils paient leurs achats et marchent dans la rue, la tête de Riley était en ébullition. Russ semblait tout aussi subjugué. Ils marchèrent en silence, leurs achats rassemblés dans un petit sac de coton écru avec des poignées vert pâle, suspendu au bras de Riley. Tout en s'approchant de la motoneige, Riley réussit enfin à poser la question à Russ.

- Pourquoi ne lui as-tu pas dit que Danny était mon frère ?

- Je ne sais pas. J'imagine que je suis discret de nature. Je ne révèle pas aux gens plus que le nécessaire.

- Oh.

Et le silence s'abattit à nouveau entre les deux. Le sac fut enfoui dans le compartiment sous le siège, l'engin fut démarré et dirigé vers la maison.

CHAPITRE 12

À la relâche scolaire, Riley avait atteint sa seizième semaine de grossesse. Son frère ne hantait plus ses rêves et elle se sentait globalement mieux. Les nausées avaient été brèves et on venait de lui remettre des évaluations formatives positives au travail. Apparemment, l'école ainsi que les parents étaient contents de ses services, ce qui l'aidait à relaxer. La relâche lui permit de retourner au village Na-Dené, où elle se retrouva étendue sur la table d'examen dans la salle au fond de la clinique de Mme Forrest, avec son chandail relevé sur ses seins pendant que la sage-femme lui palpait le ventre.

- Je pense que nous devrions faire une échographie, suggéra la sage-femme. Tu as l'air nerveux, Russell. Ceci pourrait apaiser ton esprit.

- Le mien aussi, ajouta Riley. Je veux m'assurer de porter un bébé et non pas un ourson... ou une portée d'oursons.

- Oui, dit Mme Forrest dans un petit ricanement. Ce serait bon à savoir. Donc, vous acceptez l'échographie ?

Riley essaya de ne pas crier quand la femme autochtone fit couler un gel glacé sur son ventre.

- Comment va Nasnanna ? s'enquit Riley pour éloigner son esprit de cette sensation inconfortable.

- Elle se porte bien, répondit la femme taciturne. Son fils est né trois jours après le Potlach. Son père est rentré pour le rencontrer. Le bébé mange bien et Nasnanna sera bientôt de retour au travail.

- Est-ce que sa mère le gardera ?

Mme Forrest souleva un... truc en plastique qui semblait tout droit sorti du vaisseau Enterprise, le pressa sur le bas-ventre de Riley et le glissa à travers le gel épais jusqu'à ce qu'elle trouve une image.

- Elle l'emmènera avec elle jusqu'à ce qu'il soit assez vieux pour ne plus avoir besoin de lait plusieurs fois par jour. Les jeunes bébés sont faciles à gérer. Regarde, est-ce que tu vois ?

Riley en perdit la parole. L'échographie montra un battement de cœur doux et rapide. Elle en eut le souffle coupé.

- Est-ce que c'est son cœur ?

- Oui, répondit la vieille femme. Il est fort. Ton bébé m'a l'air en santé.

- Dieu merci.

Russell serra la main de Riley. Durant les deux mois qui ont suivi l'invasion de son frère dans son rêve, il s'était inquiété constamment des conséquences sur le bébé de cet incident malheureux.

- Là, regardez, suggéra Mme Forrest, en pointant l'écran.

Riley sentit son cœur fondre et elle se mordilla la lèvre. À l'écran, une petite forme mince dansait et agitait ses petits membres. La sage-femme cliqua sur la souris et l'image se figea.

- Ici, reprit-elle, son doigt indiquait la photo ombragée. Vous voyez ces lignes ?

- Oui, répondit lentement Riley, car elle le voyait, mais elle ne comprenait pas leur signification.

- C'est une fille.

Riley en resta bouche bée. Elle se tourna vers Russell dans l'espoir de n'y voir aucune déception. Son cœur se retourna quand elle vit le sourire et l'émotion sur son visage.

- Une fille, souffla-t-il, avant de se pencher pour déposer un baiser sur le front de Riley. Merci, mon amour.

- Ça te fait plaisir ? demanda-t-elle bêtement.

- Oui, je ne pourrais être plus heureux, chérie, répondit-il, puis il l'embrassa une autre fois.

- Regardez, les pressa Mme Forrest pour la troisième fois.

Riley détourna le regard et en perdit le souffle devant le membre agité qui approchait le visage de la petite fille et celle-ci plongea son pouce dans sa bouche. Riley lâcha un petit cri.

- C'est tellement adorable, souffla Russell.

Riley posa sa main sur la joue de Russ et l'attira vers elle pour poser ses lèvres sur les siennes.

- Je t'aime, Russ. Merci pour notre fille.

Il ne dit rien, mais le regard enflammé qu'il lui lança en disait long.

Cette nuit-là, Riley dormit très mal, troublée par des rêves déstabilisants. Elle avait l'impression qu'une créature rôdait autour de sa conscience et cherchait une façon d'entrer dans la région protégée qu'elle avait bâtie. Elle était tentée de reformer l'igloo dans lequel elle s'était cachée durant tant d'années. Au lieu de cela, elle se réveilla et découvrit qu'elle était encore une fois seule au lit. Cette fois, le vide dans le chalet la frappa plus vivement que le froid. La sensation sinistre de ne pas être seule la rongeait de l'intérieur et elle passa au crible l'extérieur par la fenêtre, en s'imaginant toutes sortes d'ogres éclatants dans la noirceur impénétrable. Terrifiée, elle ferma les yeux devant les ombres menaçantes, mais sans sa vue concentrée sur la réalité, les trucs invisibles qui la harcelaient s'accrochèrent à elle et essayèrent de l'attirer dans ses griffes.

- Je sais où tu es, résonna la voix de Danny à travers le monde des rêves qui atteignait étrangement son esprit éveillé. Je te trouverai et prendrai ce qu'il me revient. Tu ne peux pas lutter contre moi. Tu ne peux pas te sauver. Je suis toujours là.

Le lit fut secoué violemment et une main glacée se referma sur l'épaule de Riley. Elle hurla, se débattit et réussit à envoyer un coup solide contre un mur de chair musclée.

- Riley ? murmura une voix familière dans un grognement apaisant. Riley, c'est moi. Tout va bien.

- Russell ? balbutia-t-elle, en se tournant, tremblante entre ses bras.

- Chut, Riley. Chut. Que s'est-il passé ?

- Il essaie de me trouver, sanglota-t-elle. Il est à ma recherche. Il essaie de pénétrer mes rêves et il dit qu'il sait où je suis !

Russell contracta ses muscles.

- Il ne devrait pas réussir à atteindre tes rêves, Riley. Comment pourrait-il savoir où tu es ?

- Il existe des traces écrites de ma venue ici, j'en suis certaine. Je n'ai pas essayé de me cacher, avoua-t-elle, d'une voix oscillante, qui se brisait à chaque mot. Je pensais qu'une fois qu'il aurait mon héritage, il me laisserait tranquille. Il pense que j'ai un truc qui lui appartient, Russ. Et il le veut.

Elle frémit. Elle sentit une vague de nausée et un haut-le-cœur suivit.

- Oh ! s'exclama Russell. Debout, ma Riley.

Russell transporta Riley jusqu'à la salle de bains adjacente en vitesse et rassembla ses cheveux à l'arrière. Elle se vida dans la toilette, puis gémit, la gorge en feu et l'estomac noué. Quand le spasme se résorba, Russell s'affala sur le sol, attira Riley sur ses genoux et la berça lentement contre lui.

- Pauvre petite. Ce devait être un sacré cauchemar. Mais, chérie, même s'il te trouve, comment fera-t-il pour me contourner ? J'ai peut-être l'air d'un homme ordinaire, mais tu sais que si tu es menacée, Danny fera face à trois mètres et quatre cent cinquante kilos de griffes, de dents et de muscles. Je ne le laisserai pas te faire du mal. Je pourrais le mettre en pièces et personne ne le saurait jamais.

Ses paroles atteignirent Riley. Autant la vérité que le constat que l'homme qu'elle aimait n'était pas tout à fait un homme. Il suivait différentes règles, un code moral différent de la plupart des hommes. Du moins, de la plupart des Américains. Entraîné à gérer les menaces lui-même plutôt qu'à s'en remettre à la police, il tuerait sans hésitation. *Il l'a déjà fait*, pensa-t-elle, en se rappelant la peau d'ours devant l'âtre. *Il cherchait déjà à venger ce que Danny m'a fait subir. Il n'hésitera pas.* Malgré sa haine de la violence, elle savoura le sentiment de sécurité en se blottissant contre son homme.

- Comment ai-je pu être aussi chanceuse ? s'enquit-elle, la tête posée contre son torse.

- C'est moi le chanceux, Riley. Peux-tu te lever ? demanda-t-il, puis il l'aida à se mettre sur pied et remplit un verre en papier au lavabo. Bois ça et brosse tes dents. Il est l'heure d'aller au lit. C'est une grosse journée au travail demain.

Riley cala le verre et nettoya sa bouche avec de la pâte à dents pour se débarrasser du goût affreux de vomi. Ensuite, elle laissa Russell la conduire jusqu'au lit. Il la borda et se retrouva à genoux à côté du lit.

- Qu'est-ce que tu fais ? demanda-t-elle d'une voix endormie.

- Je vérifier les cercles d'herbes. Ah, il y en a un de brisé, s'exclama-t-il, et il remua brièvement avant d'en émerger et de se glisser sous les couvertures aux côtés de Riley et de la tirer contre lui. Je présume qu'un de nous en a effacé une partie avec un pied. Nous devrons être prudents. J'ai besoin que la mère de mon bébé se repose. Je ne te laisserai pas t'épuiser, Riley.

Elle se pressa contre le corps de Russell et savoura sa chaleur.

- Ça marche, patron.

- Exactement, ma petite, taquina-t-il, et elle sentit les muscles de son amoureux se détendre tandis qu'elle reprenait la maîtrise d'elle-même.

- Es-tu sûr que nous sommes en sécurité ?

- Bien entendu, mon amour. Qu'est-ce qui pourrait nous atteindre ici ? Endors-toi, Riley.

Le baiser qu'il déposa sur sa joue fut la dernière chose dont elle eut connaissance.

CHAPITRE 13

Russell la rassurait, mais Riley sentait son malaise prendre de l'ampleur. Chaque soir, elle s'assurait que les cercles dessinés sous le lit soient intacts. Pourtant, malgré ses précautions, elle sentait la présence menaçante de Danny flotter près de ses rêves et tester ses défenses. Il voulait l'atteindre et, chaque fois qu'il essuyait un refus, sa rage augmentait. L'anxiété de Riley était si importante qu'elle affectait désormais sa journée également. Même si elle se sentait en sécurité au travail, lorsqu'elle était entourée par des gens en ville, l'isolement du chalet de Russell ne lui semblait une protection seulement grâce à son éloignement – l'éloignement de toute personne mal intentionnée. Si Russell sortait pour une de ces promenades d'ours dans les bois, elle restait éveillée et alerte jusqu'à son retour, mais cette situation laissait des traces sur elle. Même s'il ne s'était passé que deux semaines depuis son cauchemar, l'anxiété injustifiée et le manque de sommeil ravageaient son visage – de gros cernes noirs sous ses yeux, une pâleur extrême et cette expression hantée qu'elle arborait auparavant avaient repris sa place. Elle n'était plus qu'une épave.

Elle voyait que son inquiétude irritait Russell. Au lieu de sexe sauvage, ils passaient des heures blottis l'un contre l'autre, pendant qu'il essayait de lui rappeler qu'elle s'inquiétait sans raison.

Quand Russell alla la chercher après une longue journée de travail, suivie d'une soirée conférence entre parents et enseignants, elle ne tenait plus sur ses pieds.

- Peux-tu attendre encore un instant ? demanda-t-il pendant qu'il retirait la chaîne de la motoneige et rangeait le verrou dans le compartiment sous le siège.

Elle se contenta d'hocher la tête faiblement.

- Ce n'est pas bon, Riley. T'as l'air d'être sur le point de t'écrouler, lança Russ, avant de tourner le dos au véhicule pour la serrer dans ses bras, Demain, j'aimerais que tu prennes congé. Je te conduirai au village Na-Dené pour rencontrer la sage-femme et mon père. Quelqu'un doit pouvoir t'aider à relaxer. OK ?

- Je déteste prendre un congé maladie, protesta-t-elle. Déjà que je n'en aurai que vingt. C'est deux semaines sans salaire.

- Je m'en fous, répliqua-t-il. Ce n'est pas comme si on était fauché. Si tu n'arrives pas à te détendre, tu finiras par rater bien plus que ça. Tu te retrouveras clouée au lit.

Riley renifla de dédain, mais elle savait qu'il avait raison.

- OK, dit-elle d'une voix chancelante.

Russell l'observa longuement et, sans un mot, il resserra son étreinte et lui frotta le dos.

- Peut-être qu'on en fait tous les deux tout un plat pour rien. Mme Forrest devrait pouvoir nous fournir quelques informations.

- Je l'espère. Le manque de sommeil me rend totalement hystérique, admit-elle.

- J'imagine. Pauvre Riley. Allez, rentrons à la maison.

À l'idée de leur maison, qui fut jadis attrayante, Riley dut refouler un frisson. *Je ne veux pas y aller. Ce n'est pas sécuritaire.* Mais elle savait que cette pensée était irrationnelle, donc elle grimpa sur la motoneige derrière Russell, verrouilla ses bras autour de sa taille, pencha sa tête contre son parka et ferma les yeux pour la longue balade à travers la forêt.

L'odeur de pin et d'air frais calma ses nerfs et le grondement familier de l'engin la berça presque jusqu'au point de s'endormir. Ici, loin des rituels de protection, la voix effrayante semblait lui chuchoter directement dans l'oreille : « J'y suis presque. Et j'aurai ce qui m'appartient. Tu ne pourras pas te cacher indéfiniment. »

Riley se réveilla en sursaut et passa près de tomber du véhicule, seulement pour découvrir qu'ils étaient stationnés devant le chalet. Elle se leva, instable, et tituba. Comme toujours, Russ se porta à son secours pour la supporter.

- Ça va ?

- Je crois que oui. Je me suis assoupie un peu.

- Tu dois être épuisée, comprit-il, ses yeux noirs soudainement tendres. Laisse-moi te faire à souper, OK, Riley ? Repose-toi.

Quoiqu'une partie d'elle eut envie de protester, d'offrir de cuisiner ensemble, ce qu'ils appréciaient tous deux, son corps épuisé répondit pour elle.

- D'accord, accepta-t-elle, vaincue. Je te remercie.

- Entrons avant que tu ne t'effondres, suggéra Russ.

Il l'aida soigneusement à entrer et à s'installer sur le canapé. Riley plaça un oreiller sous sa tête et son corps se ramollit pendant que Russell s'affairait dans la cuisine.

- Ça pue ici, commenta-t-il. Je vais sortir les poubelles.

Riley ne sentait rien d'étrange, elle était bien trop occupée à combattre le sommeil pour s'inquiéter des ordures nauséabondes. Elle n'avait aucune envie d'entendre les chuchotements agaçants de Danny. Ils lui donnaient énormément d'anxiété et elle ne pouvait se débarrasser de l'idée qu'il voulait la retrouver et qu'il essayait de la retrouver. *Il me trouvera*. Elle frissonna. Malgré tous ses efforts, elle devait avoir visité le pays des rêves brièvement, parce qu'elle fut réveillée par l'odeur de pain grillé.

- Russell ?

Il apparut devant elle plus vite qu'elle ne l'aurait cru possible.

- Que se passe-t-il, ma chérie ?

- Peux-tu aller chercher le livre de mon père, s'il te plaît ?

Il leva un sourcil, mais se rendit tout de même dans la chambre pour revenir avec le tome taché et malmené, qu'il lui tendit. Le simple fait de toucher la couverture brisée lui remontait le moral.

- Merci. Que cuisines-tu, en passant ?

- De la soupe et des sandwichs au fromage fondu.

- Parfait, dit-elle avec un faible sourire.

Russell posa un baiser sur sa tempe.

- Je m'efforce de vous satisfaire, ma chère, taquina-t-il, ce qui fit même ricaner Riley.

Elle l'attira vers elle pour un autre baiser. Ses lèvres caressèrent les siennes avec une tendresse irrésistible. Riley ferma les yeux.

- Je t'aime, Russ. Je m'excuse d'être une fainéante aujourd'hui.

- Fainéante, répéta-t-il en signe de dérision. Tu te moques de moi. Écoute Riley, tu as travaillé fort aujourd'hui, à courir après les gamins, non ?

Elle acquiesça d'un signe de tête.

- Ensuite, tu es restée très tard pour discuter avec les parents, non ?

À nouveau, elle inclina la tête.

- Et tu es affamée et exténuée dû à ton manque de sommeil. Et tu es enceinte, de mon bébé, qui plus est. Où exactement es-tu fainéante si tu me laisses cuisiner ce soir ?

Il n'ajouta plus rien. C'était inutile. Ses lèvres

rencontrèrent les siennes avant de retourner à la cuisine pour retirer les sandwichs du feu avant qu'ils ne brûlent.

Riley se recoucha sur le canapé, l'esprit vide, à fixer le plafond avec les effluves de la nourriture qui flottaient jusqu'à elle. Elle s'assoupit à nouveau, pas d'un sommeil profond, mais tout près. Tellement près qu'elle sentit la bête retenue à l'extérieur de sa conscience se mettre à faire les cent pas pour trouver un moyen d'entrer.

- Russell ?

- Oui, mon amour ?

Subitement, il était de retour devant elle, tenant une tasse et une assiette. Riley lâcha un petit cri, prise par surprise.

- Pardon.

Il déposa la tasse sur un sous-verre, récupéra le livre du père de Riley et le mit de côté, avant de lui tendre l'assiette. Il posa une main sur son épaule et l'aida à replacer l'oreiller dans son dos pour qu'elle puisse s'appuyer sur l'accoudoir en bois du canapé. Elle sentait la chaleur intense se dégager du corps de Russ, malgré ses multiples couches de vêtements.

- Qu'y a-t-il ?

- Comment peut-il faire ce qu'il fait ?

- Mmm. Je reviens tout de suite.

Russ retourna à la cuisine et, une fois sa propre nourriture située sur la table à café à l'autre bout du canapé, il souleva les chevilles de Riley, s'assit et reposa ses pieds sur ses genoux. Elle croqua dans son sandwich et savoura l'expérience de la nourriture simple. Du pain beurré chaud, croustillant. Du fromage fondu riche et onctueux. La perfection. Ensuite, elle avala et reposa sa question.

- Comment est-ce que Danny entre dans mes rêves ?

Russell y réfléchit tout en buvant la soupe dans sa tasse.

- Il doit partager le même don que moi, finit-il par répondre.

- Mais tu as dit que tu ne pouvais pas faire ça, lui rappela-t-elle. Tu me l'as dit au tout début de notre relation.

La bouche de Russell se retroussa d'un côté, quoique le mouvement ne ressemblait en rien à un sourire.

- J'ai dit que je ne le faisais pas, tu te souviens ? Je le peux, mais c'est malpoli, en plus d'être illégal, du moins d'après les lois du peuple de mon père. Entrer dans l'esprit d'une personne sans sa permission se rapproche d'un viol.

Il réalisa immédiatement ce qu'il venait de dire et arbora une expression encore moins heureuse. Toutefois, Riley ne se sentait pas le moins du monde offensée.

- Tu n'as pas tort. C'est vrai que c'est plutôt semblable. Pas ce que nous faisons, clarifia-t-elle rapidement, de peur qu'il se méprenne. Tu as demandé la permission de partager mes rêves. Et c'est plutôt pratique d'envoyer les messages de cette façon, mais c'est notre petit truc à nous, Russ. Dès le départ, tu as demandé ce que je voulais et tu as respecté mes décisions. Danny force son entrée dans mon esprit depuis maintenant des mois.

La nourriture eut un effet revigorant sur Riley, ce qui lui permit de mettre son assiette vide de côté, attraper sa tasse et prendre une gorgée du bouillon salé au riz.

- Probablement encore plus longtemps que ça, admit Russell avec une expression douloureuse.

- Que veux-tu dire ?

Les sourcils de Riley se touchèrent, les pensées dansaient dans son cerveau embrumé, mais elles refusaient de s'unir.

- Eh bien..., fit-il, puis il déposa son assiette, perdu dans ses pensées, prit le pied de sa douce dans sa main et retira le bas pour masser tendrement les muscles endoloris. Je pense qu'il infiltre ton esprit depuis ton enfance. La plupart des enfants ne restent pas tranquille et laissent les gens les frapper. Sans compter qu'il savait toujours comment te trouver.

- Comment le sais-tu ? s'exclama Riley en déglutissant. Je faisais tout pour me cacher de Danny, mais, peu importe ce que je faisais, il était toujours là. Russell, je ne te l'ai jamais dit. Comment le sais-tu ?

- Je, euh..., balbutia-t-il, et ses joues cuivrées s'assombrirent. J'ai deviné. J'avais l'habitude de le faire avec d'autres petits. Entrer leur esprit pour découvrir où ils se cachaient quand nous jouions. Je ne leur faisais aucun mal et ils n'avaient pas l'air de réaliser ce que je faisais. Plus tard, mon père m'a enseigné de ne pas le faire. De demander la permission et d'accepter les refus. Mais je n'étais qu'un enfant qui s'amusait.

- Je comprends, dit Riley, en repensant à ce qu'il lui avait dit. Les enfants font souvent des trucs impolis, sans comprendre la portée de leurs actions. Je soupçonne que nous vivrons des histoires semblables avec notre fille.

Elle posa une main sur son ventre, qui avait commencé à arrondir de façon considérable. Russ toucha un point particulièrement sensible dans son pied, provoquant un grognement de la part de Riley. Une fois la tension relâchée, il attrapa l'autre. Riley le laissa faire. *C'est bon d'être gâtée par un homme parfois.*

- Donc, tu penses que Danny... lisait dans mes pensées pour me trouver ?

- Ça me semble probable. Je sais que c'est un dreamwalker. C'est un fait établi. Les dreamwalkers ont généralement d'autres dons extrasensoriels. Étant donné que je suis un dreamwalker et télépathe, c'est juste de penser que d'autres peuvent avoir cette même combinaison d'habiletés. Écoute, Riley, tint-il à ajouter, mais il déposa son pied sur le côté du canapé pour lui prendre la main et la forcer à s'asseoir à ses côtés.

Imagine un scénario. Je ne sais pas si c'est vrai, mais essaie de voir si ça te parle.

- OK.

- Imagine ton frère, un télépathe et dreamwalker naturel et fort, mais sans aucune formation. Il a clairement un trouble de la personnalité. Je ne sais pas de quel côté de la famille lui provient ce don. Si c'est de son père inconnu, alors tu n'en as pas hérité, parlait-il en réfléchissant. Attends, non. Tu l'as aussi. Tu es une dreamwalker, même si tu essaies de l'étouffer. Et nous pouvions communiquer bien avant que le fil entre nous ne se renforcisse. Ça doit provenir de ta mère, qui avait un truc étrange aussi. Parfois, des dons comme ceux-ci, s'ils sont trop puissants, peuvent endommager la psyché. Un pouvoir psychique absolu...

- Tu n'as pas à en rajouter, interrompit Riley sèchement. J'ai compris l'idée. Mais si cette version particulière des pouvoirs psychiques cause la folie, pourquoi ne suis-je pas folle ?

- Parce que tu as un père différent. Une gentille âme, non ? En plus d'un leader spirituel. Il aurait pu t'apprendre les bonnes valeurs et à te maîtriser. Il avait peut-être aucune capacité psychique, et ta mère avait été attirée par cette caractéristique. Les déséquilibrés cherchent l'équilibre.

- Oui, c'est logique. Alors, pourquoi être avec mon père n'a pas aidé ma mère à trouver l'équilibre ? Il me reste peu de souvenirs d'elle, mais je me souviens que son état empirait de jour en jour.

- Je ne sais pas. Tu as raison, ça n'aurait pas dû arriver. À moins qu'elle ne maintienne un quelconque dommage psychique. Mais ce n'est que spéculation.

- Oui. Quoique je dois admettre que c'est étrangement intéressant.

Elle s'arrêta et médita l'information qui pourrait expliquer tellement de ses ennuis. Ensuite, elle inspira vivement.

- Oh, seigneur.

- Quoi, chérie ?

- Est-ce la raison pour laquelle j'ai donné mon héritage à mon frère plutôt que de me rendre à la police ? Je veux dire, et si j'avais signé le papier avant d'aller à la police le lendemain et porter plainte pour voies de fait et tentative de vol ? Pourquoi n'ai-je pas pensé à cette option avant aujourd'hui ?

- Qu'est-ce que tu veux dire ?

Les sourcils blancs de Russell se rapprochèrent et un pli profond se creusa entre ses yeux.

- Et s'il projetait un tel sentiment de terreur et de danger dans mon esprit que je n'arrivais plus à réfléchir ?

- C'est logique. Riley, ton frère est gravement tordu.

- Je sais. Pourquoi crois-tu que je veuille rester aussi loin de lui que possible ?

Russell soupira.

- J'aurais souhaité te rencontrer plus tôt. Il y a plusieurs manières de l'empêcher d'entrer dans ton esprit. Même l'expulser s'il trouve une façon d'entrer. Mon père m'a dit avoir trouvé des informations en ce sens.

- Dis-moi tout. Il est à ma recherche, Russ. J'ai besoin de savoir comment l'empêcher de faire ce qu'il fait. Je ne peux pas le laisser me rabaisser à être docile et terrifiée. Qui sait l'idée qu'il pourrait avoir ensuite ?

- C'est promis. Après une bonne nuit de sommeil, je te conduirai au village. Mon père nous dira ce qu'il a découvert. Repose-toi. Faire du travail psychique te demandera beaucoup d'efforts demain et je ne veux pas que tu t'épuises.

Ce qu'il disait prenait tout son sens et Riley hocha la tête lentement.

- D'accord, c'est un bon plan. En fait, j'ai plutôt hâte.

- Moi aussi. Je suis persuadé que tu te sentiras puissante si tu as la capacité de le repousser. Et je n'arrive pas à croire qu'on ait attendu aussi longtemps pour explorer les solutions métaphysiques. Je te traitais comme une personne sans pouvoir, mais vu les circonstances, c'était une supposition ridicule. Mon père m'a dit que tu avais le pouvoir de contrôler ton propre esprit et de prévenir les attaques, mais il n'est pas entré dans les détails. Je ne pense pas qu'il apprécie les téléphones. Je suis un imbécile lorsque tu es concernée.

- Ça va. Qui pense à ce genre de trucs de façon normale ? On était tellement concentré sur le fait que Danny est un dreamwalker... Crois moi, je n'ai même pas réfléchi au fait que je pourrais avoir des pouvoirs de télépathie aussi.

- Ça explique en partie pourquoi nous étions faits l'un pour l'autre. Nos dons se rejoignent plutôt bien dans ce domaine. Sans oublier que tu es fantastique.

- Tu n'es pas mal non plus, dit Riley, rayonnante.

Ensuite, elle gloussa, subitement débordante d'énergie et d'enthousiasme.

- J'ai entendu des filles décrire leurs copains comme des gros nounours, mais rien qui ressemble à ça.

Russell dissimula son sourire derrière son air renfrogné.

- Je n'ai rien d'un gentil nounours.

Riley se mit sur pied et passa sa main sur les genoux de Russell.

- Tu es également moelleux. Et tu me réconfortes quand je suis contrariée. Je pense que tu devrais accepter le titre, chéri.

Son rire ursin rugit dans la pièce et Riley le captura d'un long baiser humide. Il se recula.

- Je pensais que tu étais fatiguée.

- Plus maintenant.

- Tu as de l'énergie à dépenser ? dit-il, un sourcil levé.

- N'est-ce pas toujours comme ça ? C'est bizarre ?

- Riley, quand on parle de ta grossesse, plus rien ne

me surprend, s'exclama-t-il et ses mains posées sur le bas de son dos se faufilèrent sur son ventre et remontèrent jusqu'à tenir un sein dans chaque main. J'ai intérêt à vider cette énergie excédentaire pour t'aider à trouver le sommeil. On aura une grosse journée demain.

- J'aime ton plan. Allez. C'est l'heure d'aller au lit. Je devrais m'endormir dès qu'on aura terminé.

- En effet.

Il l'embrassa et elle vit l'excitation brûler dans ses yeux sombres. Riley descendit de ses genoux, le prit par la main et le guida vers la chambre avec leur salle de bains attenante. *J'ai intérêt à me brosser les dents et à me nettoyer le visage rapidement. Qui sait combien de temps mon regain d'énergie durera ?*

En fait, l'inquiétude de Riley s'avéra exact. Le temps qu'elle se glisse sous les couvertures, elle se détendit rapidement. Russell la rejoignit et la prit dans ses bras, alors elle nicha sa tête contre son épaule. *J'adore sa force et sa carrure.* Il captura ses lèvres et elle fondit dans son étreinte chaleureuse. Toute molle, Riley laissa la force et la chaleur de Russell déteindre sur elle et la remplir d'une profonde satisfaction.

- Es-tu fatiguée, chérie ?

- Non. Je te désire, mais... Est-ce que ça va si c'est plus lent ?

- Bien sûr, ma Riley, dit-il dans son rire rugissant. Toutes les façons sont bonnes pour te faire l'amour.

Il lui retira son chandail et détacha son pantalon. Elle fut rapidement étendue en sous-vêtements, à attendre. Elle l'observa sans vergogne descendre son jean sur ses hanches étroites et ses cuisses musclées. Malgré son épuisement, Riley salivait à la vue de l'érection imposante de Russell dressée dans son caleçon. Son intérieur se serra et une chaleur humide surgit entre ses cuisses.

- Tu es tellement jolie, ma Riley, dit-il dans un

grognement sexy. Quand tu es couchée en sous-vêtements et que tes yeux se réchauffent et se voilent.

Il inspira profondément.

- Je peux goûter à ton excitation, ajouta-t-il.

- Je te désire, Russ, dit-elle en tendant les mains vers lui.

Il accepta cette étreinte et Riley soupira d'aise.

- C'est vraiment ce que tu veux ? demanda-t-il, le nez contre sa gorge.

Elle reposa sa tête contre l'oreiller pour lui donner un meilleur accès.

- C'est le début de ce que je veux, répondit-elle et ça le fit rire.

- Tu sais comment me faire sentir viril, Riley.

- Tu n'as pas besoin de mon aide, répondit-elle sèchement.

- Non. Qui n'aime pas savoir qu'il satisfait son amant ?

Elle sourit, glissa ses mains le long de son dos nu et tira son derrière vers l'avant.

- Prête pour la suite ? s'enquit-il.

Riley souleva les hanches.

- Attention, chérie. N'écrase pas le bébé. Je prendrai bien soin de toi. Relaxe.

Russell supporta son poids sur un bras et, de l'autre, détacha son soutien-gorge, libérant ainsi ses seins gonflés. Elle gémit, en sentant la pression se relâcher. Russell frotta les marques rouges sur sa peau, puis se pencha pour les embrasser une à une. Ses lèvres baladeuses trouvèrent éventuellement refuge sur ses mamelons, qu'il lécha tendrement, pour stimuler chaque bouton dressé sans causer le moindre pincement.

Il est tellement bon, pensa Riley. Ses mains lui caressaient le dos de haut en bas, les muscles tendus sous sa peau douce, ébahie qu'elle puisse se transformer en épaisse fourrure dans l'espace de quelques secondes.

Un amant de rêve. De vivre ce grand amour avec tout ce sexe époustouflant était encore mieux. Elle sentit son entre-jambe s'humidifier un peu plus. Elle se sentait gonflée d'amour et d'envie, d'envie de se fondre dans son homme.

- Riley...

Il laissa une traînée de baisers sur son ventre, s'accrochant à sa culotte en passant pour l'exposer à tout délices sensuels qu'il désirait visiter sur sa peau impatiente. Riley était prête à le laisser continuer. Tendrement, il écarta ses cuisses et s'inclina vers elle, embrassa son ventre rebondi.

- Je me sens déjà tellement grosse. C'est difficile d'imaginer à quel point je vais encore m'élargir.

- Chut, mon amour. C'est magnifique, dit-il, avant de frotter son nez contre sa peau et son prochain baiser atterrit au sommet du mont. Mmm, tu sens bon, ma belle. Je vais te dévorer.

- Dévorée par un ours. Je pense qu'il y a pire comme destin, soupira-t-elle.

Puis, ses moqueries devinrent de doux gémissements, il embrassa ses lèvres ouvertes, volant un avant-goût d'elle. L'intense stimulation la fit arquer les hanches, mais il la retint d'une main sur sa hanche et plongea dans son sexe à grands coups de langue et de chatouilles. Il toucha chaque recoin de son entrée humide, remonta jusqu'à son clitoris et redescendit.

- Tu es tellement mouillée. Tellement mouillée et sexy, grogna-t-il, et un doigt glissa profondément en elle, pas pour des va-et-vient, mais pour frotter un petit bout de nerfs tellement exquis que Riley tordit les orteils dans les draps. Tu es faite pour ça, Riley.

Il cessa de parler et sa langue s'attaqua à son clitoris, de longs coups tendres. Chaque contact lui extirpait un petit cri. Son orgasme se rapprocha rapidement, nourri par la stimulation experte de Russell. Son doigt la chatouillait tout au fond d'elle et sa langue reflétait ce mouvement sur son petit bouton sensible.

- Viens pour moi, bébé. Jouis fort. Je veux y goûter.

Ses petits mots cochons la poussèrent au bord du gouffre, droit vers l'extase. Le plaisir éclot de ce petit coin secret en elle, ses muscles se serrèrent, des cris s'échappèrent de sa bouche. Russell ne ralentit jamais la cadence. Encore et encore, il caressa son corps jusqu'à ce qu'il extorque chaque goutte d'elle. Et seulement à cet instant se décida-t-il à se redresser pour la presser de rouler pour prendre sa position préférée. Quoique presque totalement exténuée, Riley s'appuya sur ses coudes et lui présenta son sexe à prendre.

- Mon amour, tu t'apprêtes à t'accoupler avec un ours, lui dit-il solennellement, en passant des doigts autoritaires sur sa chatte et en écartant ses lèvres.

- Oui, je t'en prie.

Elle était rendue accro au gros membre de Russell en elle, elle désirait sa dose d'amour et elle ne fut pas déçue.

Riley siffla entre ses dents, alors que son corps cédait à sa pénétration. Cette première poussée lui coupait le souffle à tout coup. Se mordillant la lèvre, elle resta immobile pendant que Russ se retirait doucement et, quand il reprit son mouvement vers l'avant, elle se recula pour aller à sa rencontre. La taille de son membre l'ouvrit tout grand et il taquina son point sensible à nouveau. Riley lâcha un petit cri de plaisir.

- T'aimes, ma petite ?

- Oh oui, gémit-elle.

Ils accordèrent chacune de leurs poussées. Riley adorait ça. Les grandes mains chaudes sur ses hanches aidaient Russ avec son équilibre pendant qu'il la défonçait. Riley se redressa sur ses coudes, désespérée d'avoir son homme encore plus profondément en elle. Son amour irradiait de lui comme les rayons du soleil pour l'atteindre, unissant leurs cœurs, leurs âmes, en un seul être. Le plaisir et l'émotion atteignirent un sommet au même moment ; Riley sanglotait dans l'oreiller tandis que Russell la faisait sienne une fois de plus.

Le temps que leurs orgasmes respectifs se résorbent, Riley tenait péniblement debout. Ses genoux flageolants menaçaient de s'effondrer. La main de Russell sur sa hanche devint subitement un soutien, il rétracta son sexe et l'aida à s'étendre sur le lit, de côté, avant de remonter les couvertures sur eux. Avec sa chaleur blottie contre son corps, le sommeil la gagna avant même qu'elle ne s'en aperçoive.

CHAPITRE 14

Russell ne put réprimer un sourire devant sa dame. Elle était si douce, endormie sur l'oreiller, avec le clair de lune illuminant son joli visage. Cette même lune l'appelait, le suppliait de sortir pour danser et sauter sous la lumière argentée. L'ours avait une terrible envie de se défouler. *Juste une toute petite, dit-il à la bête impatiente. Ce sera une grosse journée demain.* Il se redressa, déposa un baiser sur le front de Riley, glissa sa main sur le petit renflement où leur enfant grandissait en elle et sortit du lit.

Il remonta les couvertures sur Riley jusqu'à son menton et s'affaira en silence à travers la maison, avant de sortir dans la froideur de la nuit. *Bientôt, il fera trop chaud pour avoir envie de sortir en fourrure, même la nuit.* Il tolérait la chaleur parce qu'il aimait jouer, mais il savait qu'il devait profiter du froid pendant qu'il était encore temps. Dehors, les nuages denses camouflaient la lune et dissimulaient une partie des étoiles. Néanmoins, Russell n'avait nul besoin de lumière. Il trouvait facile de se déplacer sur sa propriété familière et dans les bois alentour. Enfin, le froid mordit sa peau humaine et il libéra l'ours. Son corps s'étira, grandit et grandit encore, jusqu'à parvenir à sa taille impossiblement imposante. Il pointa son museau noir vers le ciel et ouvrit sa mâchoire destructrice pour émettre un rugissement à vous détruire les tympans. Une fois sa pleine grandeur atteinte, il aiguisa ses griffes sur le même pauvre arbre écorché et s'élança en bondissant sur ses larges pattes dans la neige incertaine.

Les nuages tourbillonnaient, s'écartaient à l'occasion pour s'ouvrir sur un morceau de ciel, lui dissimulaient à l'occasion le paradis, jusqu'à ce qu'une ouverture lui révèle l'image stellaire de sa déesse. Russell inclina la tête devant sa forme visible et prononça une prière de remerciement dans le langage ancien des ours.

Un chuchotement, une réponse rare, sembla résonner dans son esprit. *Danger, danger. Retourne. L'objet de ton amour est menacé.*

Russell resta stupéfait, ne sachant pas trop quoi faire d'un tel message. *Quel danger ?*

Dépêche-toi ! insista la voix vaporeuse. *Dépêche... Dépêche !* Le mot se répéta en une litanie infinie dans son esprit. Il se tourna et se précipita vers la maison aussi vite que ses jambes puissantes en étaient capables. Dans la clairière, le silence régnait. Aucun son ne provenait de la maison. *Est-ce que j'ai paniqué pour rien ?* Il prit une grande respiration et cette même odeur de déchets remarquée plus tôt s'était renforcie. *Mais c'est à présent dans une poubelle fermée, là où aucune créature ne peut entrer.* Une brise souffla par la porte de la maison et l'odeur pestilentielle le frappa de plein fouet. Russell retint un haut-le-cœur. Il s'élança vers sa maison, le cœur battant à cent à l'heure quand il remarqua la porte d'entrée entrebâillée. Il courut, traversa la cuisine et le salon, jusque dans la chambre où il avait laissé Riley, endormie.

Le lit était vide et défait, la douillette en tas dans le coin de la pièce, les draps éparpillés sur le sol.

Ici, l'odeur de déchets était écrasante. Telle une haleine fétide qui éructait de la porte ouverte de la penderie. Sous cette puanteur, un parfum taquina ses narines. *Une douce femme... récemment mise au lit... Riley !* Russell fixa son regard sur la scène et son esprit refusa d'en tirer une quelconque conclusion.

Suivant les traces du parfum de son amoureuse, il traqua comme un chien de chasse, le nez à terre, à travers la maison jusqu'à la porte encore ouverte.

Des marques étranges, rendues presque invisibles par des mois de pas, de neige et d'encore plus de pas, semblaient annoncer une silhouette lourde en bottes d'hiver... et une étrange ligne parallèle passaient en plein centre. L'odeur était particulièrement forte près du sol. Déterminé à comprendre, il suivit les traces vers la remise. Le verrou avait été coupé et reposait, détruit et oublié, sur une pile d'aiguilles de pin. De là, la piste indubitable des skis de la motoneige se frayait un chemin dans les arbres avant de disparaître.

Déjà l'odeur, encore présente, s'était refroidie. Une demi-heure s'était déjà écoulée depuis leur passage. *Ours ou non, tu ne les rattraperas jamais s'ils ont pris l'engin.* Son ours s'en foutait éperdument. Rejetant la tête en arrière, Russell ouvrit grand les pattes et remua la nuit d'un puissant rugissement de désespoir et de rage. Ensuite, il se mit sur pied et galopa vers la ville en longeant les traces de la motoneige. Son cœur palpitait dans sa poitrine et sa respiration n'était plus que souffle saccadé. Son corps, sous la fourrure, bouillait. Mais il ne ralentit jamais son rythme punitif et atteignit la ville en un temps record.

Là, les traces de trafic compliquaient le suivi des pistes dans la neige, mais l'odeur de son ennemi le chatouillait encore, l'attira devant le café, l'église, le manoir en ruine où Riley résidait, jusqu'à la piste d'atterrissage de l'école. L'autobus scolaire dormait sur l'asphalte gelée. Les portes du petit hangar en métal avaient été forcées, le verrou coupé et le coupe-boulons, dans la neige à côté de la motoneige abandonnée. L'odeur était fraîche, peu de temps s'était écoulé depuis leur passage. Avec espoir, Russ se précipita vers la piste d'atterrissage. En effet, il retrouva son avion sur le tarmac, les deux portes ouvertes.

Dans un beuglement assourdissant, il s'élança vers l'avant. À l'autre bout, un homme imposant et débraillé luttait avec une petite silhouette pour la forcer à monter sur le siège passager. Les deux se figèrent et levèrent les yeux vers lui.

- Russell ! hurla-t-elle.

L'homme resta muet, en état de choc, puis il lança une solide droite sur la mâchoire de Riley, complètement assommée. Il la força dans l'avion, claqua la porte et contourna l'engin pour se vautrer sur le siège conducteur. Russell n'était plus qu'à quelques pas de l'avion. Il bondit vers l'avant, mais son ennemi avait étudié les commandes des avions, parce que le petit véhicule se mit à rouler sur la piste. Il ne put garder la cadence, malgré ses tentatives. L'avion rebondit sur le tarmac une fois, puis une autre. Le banc de neige au bout de la piste se pointait à l'horizon. *Oh, seigneur, non. Pas un écrasement d'avion.* Le vaurien réussit à manipuler les volets et l'avion s'éleva dans le ciel.

Ahuri, Russell s'effondra sur ses pattes arrière.

Ses pensées instables s'entremêlaient et formaient une tornade dans son esprit, aucune ne voulait trouver une cohérence quelconque. *Je dois faire quelque chose. Je dois... quoi ?* Il devait trouver de l'aide. Cette partie était évidente. *Mais t'es un ours, Russ. Enfile des vêtements.*

En plein désespoir, furieux et profondément effrayé, il revint aux abords de la ville, en fit le tour à la frontière de la forêt, jusqu'à ce qu'il trouve son linge.

Il lutta intérieurement contre son ours, qui rugissait des menaces de mort et s'agitait à chaque seconde qui passait, et il réussit à forcer l'animal à retourner dans l'homme. Il enfila rapidement un jean et un chandail, des chaussures, une veste et une tuque avant de marcher jusqu'au poste de police.

Les lèvres engourdies, il expliqua la situation à la répartitrice, une gentille femme aux courbes généreuses assise derrière un bureau. Même s'il connaissait presque tout le monde à Golden, son nom lui échappait et il était tellement troublé qu'il ne pensa jamais à regarder son étiquette.

- Je vais vous trouver un agent, dit-elle. Asseyez-vous, je vous en prie, M. Tadzea.

Russell s'affala sur le canapé, incrédule et confus, la rage menaçait de prendre le dessus. Une rage dirigée contre le frère de Riley, parce que qui d'autre aurait pu l'enlever ? Mais aussi une rage envers lui-même pour l'avoir laissée seule quand elle savait et avait répété à maintes reprises que Danny essayait de la trouver. *Crétin ! Combien de fois l'as-tu rassurée ? Combien de fois lui as-tu dit de relâcher sa garde, de te faire confiance pour la surveiller ?* Il ne s'attendait clairement pas à un dénouement comme celui-ci. *Comment est-ce qu'ils la retrouveront ? Il y a des centaines de petits avions au centre de l'Alaska. Avec des douzaines de pistes d'atterrissage officielles et qui sait combien d'autres. En plus, cet idiot sait à peine ce qu'il fait. S'ils s'écrasent...* La nausée lui retourna l'estomac et essaya de remonter dans sa gorge. Il déglutit, incapable de réfléchir à ce qu'il arriverait à Riley et à leur bébé si Danny crashait l'avion.

- Russ ?

Russell releva la tête. Il remarqua premièrement l'uniforme. Une chemise bleu foncé, une cravate noire, un pantalon noir et un fedora. Ensuite, la silhouette mince et le visage d'une quarantaine d'années se précisèrent et il se retrouva les yeux dans les yeux inquiets et sombres de Jack Morris, un ami de longue date.

- Jack, Riley a disparu. Tu dois m'aider à la retrouver !

~

Utilisant toutes les ressources mentales qu'elle avait, Riley lutta pour reprendre conscience, qu'elle comparerait à nager dans une piscine de mélasse froide. Elle se sentait léthargique. Chaque pensée semblait coller et s'accrocher. À travers le brouillard, elle observa la mâchoire familière, la fossette sur le menton et le cou large de son frère. Ses cheveux noirs graisseux, ses boucles échevelées lui tombaient sur les épaules. Ses yeux bleus luisaient d'une lumière maniaque. Il portait une chemise à carreaux usée sous un vieux parka bleu taché qu'il gardait ouvert. Son odeur – de sueur et de cigarettes mélangée avec une quantité impressionnante d'alcool – lui donnait un haut-le-cœur.

- Danny, croassa-t-elle, mais qu'est-ce que tu fais ? Reviens sur tes pas et ramène-moi chez moi.

La sensation poisseuse augmenta d'un cran et un bourdonnement s'éleva dans ses oreilles. Elle comprit tristement ce que Danny faisait... peu importe ce que c'était. Son esprit la pénétrait, la contrôlait. Elle sentait une rage étouffée lui retourner le ventre, mais elle ne pouvait y mettre des mots. Il s'esclaffa rudement.

- Oh que non, petite sœur. Tu possèdes un truc que je veux et tu ne rentreras pas tant que tu ne me l'auras pas donné.

- Je ne sais pas de quoi tu parles, grogna Riley. Je t'ai tout donné. La maison, la voiture, l'assurance-vie de papa. Tout. Il n'y a rien d'autre et je te l'ai déjà dit.

- T'es qu'une menteuse, répliqua-t-il. Tu sais exactement ce que je veux. T'es une pute aussi. Imagine ma surprise quand j'ai découvert que ma petite sœur « innocente » ne dormait pas seule dans l'appartement merdique inscrit comme adresse où réacheminer le courrier, mais nue dans la maison d'un homme, en manque de sexe. Quand es-tu devenue une pute, Riley ?

Riley grinça des dents, la seule expression de colère qu'elle put réussir.

- Tu as tort, répondit-elle, en plongeant dans son

cerveau embrumé pour trouver une explication. Russell est mon mari.

Il l'est, à la façon des ours. Ça marche pour moi.

- Foutaises, s'exclama Danny, et l'avion fit un bond dangereux vers quelques arbres. Tu n'es pas ici depuis assez longtemps pour être mariée. Je n'ai jamais reçu d'invitation.

- Le temps n'a rien à voir là-dedans, dit Riley, avec un petit sourire de dérision. Russ est spécial. Je suis chanceuse de l'avoir. Et, pour ta gouverne, c'était une petite cérémonie privée sans invité.

Elle ravala un rire hystérique. *Petite et privée... pendant qu'il me prenait par-derrière devant le feu.*

- Tu sais, Danny, c'était vraiment stupide de me sortir du lit. Russ n'abandonnera jamais. Tu le regretteras.

- Tu peux retourner à ton crétin de « mari », dit-il en riant, les mains en l'air pour faire un signe de guillemets au mot mari, mais l'avion plongea. Dès que tu me dis ce que je veux savoir. Si tu me l'avais dit dans tes rêves...

Il se tourna pour lui faire face et l'avion pencha d'un côté.

- Regarde le ciel, bon sang. Est-ce que tu sais vraiment comment conduire ça ?

- Bien sûr que oui. Je m'entraîne sur des aéronefs agricoles depuis un mois.

- Un mois ? s'écria Riley. Tu t'entraînes depuis un mois et maintenant tu voles dans un espace aérien inconnu, dans une région isolée et dangereuse et tu ne te concentres même pas. As-tu déjà volé seul ?

- Relaxe.

La sensation de confusion qui envahissait le cerveau de Riley se transforma en gémissement bruyant, comme un millier de moustiques prisonniers de sa tête. Ses tempes se mirent à palpiter. Elle entendit à peine son frère reprendre.

- J'ai pris les commandes quelques fois.

- As-tu déjà atterri ? demanda Riley, en grognant sous la pression déchirante.

- Une fois.

Oh seigneur. Incapable de parler, Riley cessa de lutter et s'affala contre la fenêtre. *Je ne peux pas distraire Danny. Je dois le laisser se concentrer ou il nous tuera tous les deux. Russell, dépêche-toi s'il te plaît et retrouve-nous, bébé.*

CHAPITRE 15

Russell était assis sur son canapé, perdu dans ses ruminations inutiles pendant que la police passait au crible la maison, dans le but de recueillir des preuves. Tous ces bruits de bottes sur le plancher de bois, qui l'auraient jadis rendu fou, ne lui semblaient guère importants vis-à-vis la tâche de retrouver sa bien-aimée. Une main sur son épaule le sortit de sa torpeur.

- Pardon, dit Jack. Puis-je m'asseoir ? Je dois te poser quelques questions.

- Je n'ai pas fait de mal à Riley, grinça-t-il entre ses dents serrées, la mâchoire douloureuse sous la force, mais il ne relâcha pas.

- Personne ne le suggère. Nous savons tous l'amour que vous vous portez. C'était évident depuis le début. Mais, pour l'instant, nous essayons de comprendre ce qu'il s'est passé. Tu étais le premier sur le lieu du crime. Aide-nous à reconstituer la chronologie des évènements.

Russ hocha la tête.

- Est-ce qu'il manque quoi que ce soit dans la maison... à part Riley, bien sûr ?

Russell fit un inventaire mental.

- En fait, oui. Riley possède un livre qui appartenait

à son père. Il se trouvait sur cette table hier soir, mais il n'y est plus. Mais qu'est-ce que planifie cet *imbécile* ?

- Aucune idée, répondit Jack. Voilà pourquoi tu dois m'aider. Quand as-tu vu Riley pour la dernière fois ?

- Je pense qu'il était vingt-trois heures.

Jack en prit note.

- Raconte-moi la soirée en détails.

Russ appuya sa tête contre le canapé pour reprendre ses esprits.

- Je suis passé la chercher vers dix-neuf heures, après sa soirée conférence entre parents et enseignants. Nous sommes rentrés et Riley était épuisée. Elle s'est endormie sur le canapé pendant que je cuisinais le repas. Oh, mmm, et j'ai sorti les ordures. Ça sentait vraiment mauvais.

Tu radotes, Russ. Attention à ce que tu dis. Ils ne savent pas que t'es un ours. Si le secret s'échappe, tu auras de graves ennuis... qui ressembleront plus à de gros ours en colère qui détruiront la maison, avec toi à l'intérieur. Tu ne pourras pas sauver Riley si tu te bats contre eux.

- Bon, donc... nous avons mangé sur le canapé et discuté, puis...

Merde. C'est trop me demander.

- Nous sommes allés au lit. Mmm... Nous y avons passé un moment. Ensuite, Riley s'est endormie.

Il s'interrompit et leva les yeux sur son ami. Jack avait haussé un sourcil, il arborait un petit sourire en coin.

- C'est bon. Ensuite ?

- Je n'arrivais pas à dormir. Il était environ vingt-trois heures. Je voulais prendre l'air et je suis sorti. Je ne sais pas combien de temps je suis resté dehors. Pas moins d'une heure. À mon retour, la porte était ouverte et Riley avait disparu. La porte de la penderie était ouverte et je la garde fermée en tout temps... Et merde.

- Quoi ? fit Jack en relevant la tête.

- Il... merde, merde, merde. Il a probablement passé

toute la soirée dans la penderie. Il était là pendant que nous...

Nauséeux, furieux, Russ examina ses ongles, dans l'espoir de libérer ses griffes et de mutiler le frère de Riley petits bouts par petits bouts.

- Calme-toi, Russ. Comment sais-tu qu'il n'est pas entré quand tu étais dehors ?

Russell secoua la tête.

- J'étais dehors. Tout était silencieux... J'aurais entendu une personne s'approcher. La neige craque sous les pas à ce temps-ci. Et s'ils étaient venus en motoneige ou en quatre-roues...

- C'est vrai. Bruyant à mort. Je vois où tu veux en venir. Donc, tu crois qu'il se cachait dans ta penderie ? C'est vraiment glauque, mec.

- Sans blague.

Il ne se sentait pas très bien. À l'idée qu'il possédait sa dame pendant que son frère pervers se cachait à quelques mètres du lit. Jack semblait avoir compris la même chose, parce que sa bouche prit un air dégoûté.

- Jack, tu dois la retrouver. Elle est enceinte et seule avec lui. Il avait l'habitude de la battre.

Jack donna quelques tapes d'encouragement sur l'épaule de Russ.

- Je suis désolé. Nous la retrouverons. Alors, qu'as-tu fait quand tu as vu qu'elle avait disparu ?

- J'ai remarqué quelques traces près de la porte arrière. Des traces de bottes et des traînées. Je les ai suivis jusqu'à la remise et mon verrou avait été coupé. Ma motoneige n'était plus là. Ce trou-de-cul a utilisé mon propre engin pour kidnapper ma petite amie, grogna-t-il cette dernière phrase.

- Je sais, Russ. Je sais. Ça craint. Essaie de te calmer. Ensuite, qu'est-ce que tu as fait ?

- J'ai essayé de suivre leurs traces. Je les ai suivis jusqu'en ville. Je les ai presque rattrapés. Il avait volé l'avion dans le hangar de l'école. Il a carrément jeté

Riley à l'intérieur et décollé pendant que je courrais vers eux.

Russ lança un regard implorant à Jack, qui secoua la tête.

- Désolé, mon vieux. Bon, tu connais Riley mieux que quiconque en ville. Tu es au courant pour son frère, alors que personne ne savait qu'elle en avait un. Quel genre d'homme est-il ? Tu as dit qu'il avait l'habitude de la battre ? Et où pourrait-il l'avoir emmenée ?

- Il est fou, répondit Russell, impuissant. Il la battait quand elle était petite. Il a fait de la prison il y a longtemps à cause d'une bagarre dans un bar... avec un couteau. Riley clame être venue ici pour s'éloigner de lui. Il l'a menacée avec un couteau pour obtenir l'héritage de son père.

Les sourcils noirs et épais de Jack se touchaient presque, il le fixait.

- Je sais. C'est un sacré merdier.

- Pourquoi une personne battrait une fille aussi douce que Riley ?

- Parce qu'il est complètement tordu, rétorqua Russ, en faisant grincer ses molaires une autre fois.

- On dirait bien. Une idée de ce qu'il veut ?

Russ soupira, il désirait choisir ses mots soigneusement.

- Elle a dit qu'il avait recommencé à la déranger, il lui demandait de retourner « ce qu'elle lui avait volé ».

- Qu'est...

- Je ne sais pas, l'interrompit Russ. Riley pense qu'il a complètement perdu la tête. Il semble croire qu'elle a réussi à cacher une partie de l'héritage et il la veut.

- Est-ce que son père était riche ?

- Je ne pense pas. Riley a dit que c'était un savant et un homme d'église.

- Je ne comprends pas.

- Moi non plus. Je ne crois pas que Riley comprenne non plus.

- Mais ce que tu viens de me raconter nous donne un début de piste pour la chercher.

- Où ?

- Où habitait son père. Sais-tu où c'était ?

- Portland. Portland, Oregon.

- D'accord. Connais-tu le nom de son frère ?

- Danny, répondit Russ, en passant une main dans ses cheveux, ce qui hérissa quelques mèches blanches. Je n'ai rien de plus. C'est le demi-frère de Riley, donc je doute que son nom de famille soit Jenkins. Je ne sais même pas si Danny est un diminutif de Daniel ou d'autre chose.

- Ça va. Nous avons les adresses précédentes de Riley dans son dossier de l'école. Si nous pouvons localiser la maison du père, on pourra commencer par là.

- Est-ce qu'il la conduirait dans un endroit aussi évident ? Ce serait trop idiot.

- Tout comme d'entrer par effraction chez un homme pour se cacher dans sa penderie, sans oublier le vol de sa motoneige, son avion et sa petite amie juste sous son nez. Il m'a tout l'air d'un narcissique et ils sont toujours trop confiants. Je pense que c'est un bon début.

Russell ferma les yeux. Il ne savait plus quoi ajouter, mais son sang-froid menaçait de le quitter. Il ressentait la peur de Riley.

- Fils.

Russell ouvrit subitement les yeux, bouche bée.

- Père ?

Bien entendu, l'homme Na-Dené se tenait dans l'embrasure de la porte. Norman pénétra lentement dans la pièce et s'approcha du fauteuil, sur lequel il s'appuya.

- Comment as-tu su ? demanda Russ, ébahi.

- Un père sait quand son fils a besoin de lui.

Submergé par les émotions, Russ enfonça son visage dans ses mains, les coudes posés sur ses genoux.

- Jack Peters, c'est bon de vous voir ici. Pour aider mon fils à trouver sa femme.

- Je ferai mon possible. Russ, je dois retourner au poste pour faire quelques appels. Tiens bon, mec.

Russ ne dit rien. Il en était incapable. Il entendit à peine le bruit de la porte que Jack refermait.

- Fils, reprit son père et Russell leva les yeux, deux petites boules enflammées. Envoie un message à ta femme. Tu possèdes le don, pas vrai ?

- En effet. C'est la raison pour laquelle les ours m'ont rejeté, vous vous rappelez ?

- Oui. Je me souviens. J'étais heureux de ta visite. Être séparé de son fils est... une épreuve difficile pour un père.

Russ fut pris de court par cette déclaration, mais son esprit ne pensait qu'à Riley et il ne voulait pas perdre de temps là-dessus non plus.

Il referma les yeux et suivit le conseil de son père. Il se concentra, ouvrit son esprit vers sa bien-aimée. Il la trouva aisément, une boule de panique frénétique retenue sous une aura de terreur oppressante. La panique provenait de Riley, mais la terreur goûtait les ordures qui avaient entaché sa maison.

- Il lui fait quelque chose pour qu'elle obéisse.

- Bien entendu, fut la réponse qui lui parvint de loin, dans un son creux, comme si son père se trouvait à l'intérieur d'un tube de métal. Il a un lien très fort qui le retient à elle. Il l'a toujours utilisé pour la contrôler. Il aurait dû être coupé depuis longtemps.

- Je présume qu'elle ne sait pas comment.

Sa conscience poussa sur l'aura jusqu'à ce qu'elle trouve un point faible pour pénétrer... et il se retrouva assis dans son avion, les commandes entre les mains et Riley recroquevillée à côté de lui.

- Riley. Est-ce que tu m'entends, chérie ?

Elle se tourna vers lui, les yeux hagards.

- Russell ?

- Tiens bon. On arrive. Où êtes-vous ?

- On approche de Fairbanks. Du moins, c'est ce que je crois. Mais je ne pense pas qu'il planifie de se poser à l'aéroport. Il tourne autour.

- Bon sang, il cherche probablement un champ. Riley, est-ce que ça va ?

- Oui, gémit-elle. Il ne m'a pas encore fait mal, mais j'ai peur. Et s'il blessait le bébé ?

Ses mains se posèrent sur son ventre.

- Essaie de ne pas l'irriter. Essaie de découvrir ce qu'il veut ou de gagner du temps. Peu importe. Mais ne le mets pas en colère. Je ferai tout pour aller te chercher au plus vite. As-tu une idée d'où il se rendra ensuite ?

- Je ne sais pas. Il continue de dire que je sais ce qu'il veut, que je sais ce que je lui ai pris, mais, Russell, je n'ai rien pris.

- Je sais. Je sais. Garde-le occupé jusqu'à ce que je te trouve. Tu peux le faire, Riley. Sois courageuse. Tu le connais. Tu sais comment agir avec lui. Je t'aime.

- Russell...

Riley disparut, l'avion disparut et Russell se retrouva dans son salon à nouveau, les yeux sur son père sans vraiment le voir.

- Il m'a repoussé.

- Est-ce que ta femme est en sécurité ?

- Je pense bien. Je déteste ça.

Son père inclina le menton lentement.

- Bien entendu. Mais essaie de ne pas paniquer, Russell. Elle a besoin que tu restes calme. A-t-elle dit où ils sont ?

- Elle pense qu'ils se dirigent vers Fairbanks. Il essaiera probablement de poser l'avion en dehors de la ville pour rejoindre l'aéroport ensuite.

- Fils, si elle peut résister dans un endroit aussi public, les gens pourraient intervenir.

- Je doute qu'elle en soit capable, intervint Russell,

mécontent. Il l'a tellement bien emprisonnée dans un rêve qu'elle aura seulement l'air d'un zombie. Sans oublier qu'elle est terrifiée qu'il se venge sur le bébé si elle résiste.

- Est-ce que tu crois vraiment qu'ils se dirigent vers Portland ?

Russell hocha la tête.

- Alors, nous irons aussi. Je demanderai à ton frère de préparer l'avion de la tribu. Nous n'arriverons probablement pas à temps pour les empêcher d'embarquer, mais nous serons juste derrière.

- Très bonne idée. Un gros merci, Père. Laissez-moi appeler Jack. Comment diable vais-je lui expliquer ça ? Je vais lui dire que nous partons à ses trousses. Il peut avertir Portland.

Russell sauta sur ses pieds, ravie d'avoir enfin un plan d'action.

~

Danny posa le petit avion biplace dans un champ juste à l'extérieur de Fairbanks avec juste assez de fracas pour donner l'envie à Riley de rendre son déjeuner, dîner et souper.

- T'es un pilote merdique, dit-elle, en camouflant sa terreur avec de la bravoure.

Danny la gifla ; ce n'était pas assez pour laisser des traces, mais elle lui rappela de surveiller ses paroles.

- Sors.

- Je suis en pyjama, se plaignit Riley. Je n'ai pas envie de me promener comme ça.

- T'es chanceuse. Ton pyjama ressemble aux vêtements que les gens portent pour voyager, lui dit-il en pointant son chandail et son pantalon de yoga. Après tout, je t'ai trouvé nue.

- Oui, eh bien, rétorqua-t-elle, la mine boudeuse, quand on dort dans son lit, on n'attend pas de visite.

Pas une visite de son frère, en tout cas. Qu'est-ce que ça change que je dors nue ? Russell aime bien.

- Riley, ne m'oblige pas à te faire taire une autre fois. Je ne veux rien entendre de tes trucs de pute avec ce vieux dégueu.

Riley avait une forte envie de répliquer, mais s'en dissuada. Si Danny perdait le peu de contrôle qu'il avait, la chance les quitterait.

- Peux-tu me dire ce que tu veux, Danny ? demanda doucement Riley, de sa voix la plus aimable. Peut-être que si tu m'expliquais ce que tu cherches, je pourrais t'aider. Et je pourrais rentrer.

- Tu le sais déjà, petite menteuse. Et tu me le diras, plus tard. Pour l'instant, Riley, tu as besoin de dormir.

Riley voulut résister, mais, étrangement, son frère se fit un chemin dans son esprit et la poussa dans le monde du rêve. Au beau milieu d'une plaine blanche, dans un ciel noir, il la confronta.

- N'essaie pas de sortir. Si tu me causes des ennuis, je connais tes vulnérabilités. Tu as une chance de garder ton enfant en vie et c'est de faire tout ce que je te dis. Compris ?

Riley hocha la tête, entre deux sanglots qui l'empêchaient de parler.

- Je pense que tu as eu une bonne idée. C'est comme ça que tu m'as éloigné pendant des années. Maintenant, je vais empêcher ton crétin de « mari » d'entrer de la même façon.

Danny agita les bras et le faux ciel désert disparut sous un dôme blanc. L'igloo les entoura une fois de plus, lui bloquant l'accès au reste de la conscience, mais empêchant du même coup les autres de l'atteindre.

Elle était piégée.

CHAPITRE 16

Russell se trouvait dans la dernière descente de son vol pour retrouver Riley et son ours et lui étaient d'accord qu'un siège dans un aussi petit avion n'était pas fait pour eux. Il voulait rugir, déchirer des trucs avec ses griffes. Une main chaude mais solide se posa sur son bras.

- Calme-toi, fils. La panique ne te sera d'aucune aide pour la récupérer sans dommage des mains de son frère.

- Je sais, grogna Russell. Ça me tue, père. Nous partageons l'esprit et le rêve de l'autre depuis notre rencontre. D'être soudainement coupé...

- Je sais. Ta mère et moi avons partagé des rêves pendant des années. À sa mort..., la voix du vieil homme s'estompa.

Malgré sa propre détresse, Russell ne put s'empêcher de remarquer le chagrin manifeste de son père. Il avait toujours assumé que la relation de ses parents était plus politique qu'amour. *On dirait bien que non.* Il ne saurait l'expliquer, mais cette soudaine révélation que ses parents comptaient l'un pour l'autre le toucha.

- Est-ce qu'elle va bien ? demanda Norman, ce qui ramena Russell à la réalité.

- Aucun moyen de le savoir. J'imagine que le fait qu'elle soit protégée signifie qu'elle va bien, non ? Si elle était blessée ou... bref, il n'aurait pas besoin de faire ça.

Russell déglutit péniblement, les yeux fixés sur le hublot et les nuages. Même si le vol entre Seattle et Portland était plutôt court, le fait de ne voir qu'une noirceur dense lui donnait l'impression de se noyer dans de la barbe à papa.

- Ça me semble juste.

- Utilise le lien, suggéra Randy, assis derrière lui.

Russ s'étira le cou vers l'arrière et un bruit de craquement se fit entendre.

- Que veux-tu dire ?

- Un lien aussi dur que l'acier vous relie. Je peux le voir.

- Je sais. C'est ainsi depuis le début.

- Alors, utilise-le, insista Randy. Vous avez plus qu'un lien grâce au rêve. Je serai très surpris si le frère de Riley y a pensé et, avec toute l'énergie qu'il dépense pour emprisonner Riley et construire un bouclier dans un rêve, il ne lui restera plus rien pour ce lien. Pas qu'il en serait capable de toute façon. Rejoins-le grâce à ce lien.

Russell essaya. Utilisant le lien après autant d'expérience dans les rêves le mit mal à l'aise, comme s'il essayait d'enfiler un collant pour enfant, mais il essaya.

- Riley ?

Aucun contact visuel n'était possible de cette manière, même s'il pouvait presque avoir son image dans son esprit s'il se concentrait très fort, recroquevillée en boule, à flotter dans l'air. Sa peur irradiait de tout son corps.

- Russell ?

Étonnée par l'écho dans sa tête, il perdit la connexion. En ouvrant les yeux, il fit une grimace à son frère.

- Essaie encore, le pressa Norman. N'abandonne pas.

Russell hocha la tête et ferma les yeux.

- Riley, nous allons te retrouver. Nous serons là bientôt. Accroche-toi.

- Russell, j'ai peur.

Sa voix sonnait bizarre, creuse et distante. Russell posa sa tête contre le hublot à côté de lui et concentra toute son attention sur la région de son cœur, l'endroit où il avait un lien avec cette femme.

- Je sais, chérie. Es-tu blessée ?

- Non, mais il m'a menacée. Menacée de faire mal au bébé si je ne lui donne pas ce que je veux. Russ, je n'ai aucune idée de ce qu'il cherche.

- Je le sais, chérie.

- Russell, dit la voix de son père dans son esprit, directement à sa conscience. Elle ne peut pas seulement nous attendre. Elle doit avoir des options pour se protéger.

- Est-ce que c'est ton père ? s'enquit Riley.

- Tu peux l'entendre ?

Russell essaya d'atteindre son amour, mais cette méthode de communication ne lui permettait aucun contact. Sa main immatérielle, floue, glissa à travers une silhouette immatérielle, floue.

- Je peux l'entendre. Ça ressemble à une voix en arrière-plan lorsqu'on est au téléphone. Peut-il m'entendre ?

- Je peux vous entendre, Riley, dit Norman. Écoutez, nous arrivons dès que possible, mais il pourrait y avoir un moment où tu pourras te libérer par toi-même. Si c'est possible, vous devez le faire. Cette personne est dangereuse et imprévisible. Vous devez vous éloigner de lui.

- C'est impossible, dit-elle, d'une voix chancelante. Il me fera du mal.

- Il pourrait essayer. Vous avez raison sur ce point. Voilà pourquoi, Riley, si vous avez l'occasion de vous échapper, vous devriez en profiter. À l'évidence, si vous êtes en public, quelqu'un vous aidera. Mais je pense qu'il vous contrôlera jusqu'à ce que vous soyez dans la maison de votre père. Avez-vous un voisin qui pourrait vous recueillir, vous protéger de lui ? Vous n'aurez peut-être qu'une chance, donc vous devez vous mettre en sécurité rapidement.

- Oui, n'importe qui. Tous les voisins me connaissent, dit Riley, et sa panique fit tranquillement place à la réflexion, mais la peur reprit le dessus. Mais ça n'aura pas d'importance, parce qu'il peut pénétrer mon esprit et me faire faire ce qu'il veut.

- Je sais, dit Norman d'une voix morose. Voilà pourquoi vous devez couper ce lien entre vous. Cherchez-le, mais n'y touchez pas. Il entre probablement par le dos.

- Je peux le voir, souffla Russell. C'est noir et laid, comme un tentacule de monstre des mers.

- C'est diabolique, commenta Norman. Il aurait dû être coupé il y a des années. Il vous a vidé de votre énergie tout ce temps. Il vous épuise en volant votre force. Ensuite, quand votre âme est en alerte, il utilise le lien et les rêves pour vous effrayer.

- Oui, acquiesça Riley. Ça m'a tout l'air d'être exact. Alors, qu'est-ce que je fais ?

- Attendez. Restez alerte à toute possibilité. Je pense qu'une fois dans votre maison, il baissera sa garde. Il vous laissera quitter le monde du rêve. Il a besoin de vous pour l'aider à trouver ce qu'il cherche. Voilà où vous aurez une occasion. D'ici là, nous vous fournirons de l'énergie, à travers le lien de Russell. Son frère, lui et moi vous verserons un peu de vie. Vous devez la cacher dans votre cœur. Ne laissez pas votre frère la trouver. Elle est à vous et vous seule. Économisez-la. Vous vous sentirez plus forte et plus en contrôle. Entre-temps, pensez au bébé, à prendre soin d'elle et la protéger. Cela vous donnera de la force. Quand l'opportunité se présentera, envoyez une grande quantité d'énergie d'un coup à travers le lien avec votre frère. Il sera sonné. Ensuite, il faudra dissoudre son lien avec vous, imaginez quelque chose de chaud qui le coupera, mais n'oubliez pas de vous protéger.

- Comment puis-je faire ça ? Je ne sais pas comment l'empêcher d'entrer.

- C'est un procédé simple, lui dit Norman. Ça requiert beaucoup de concentration. Imaginez une bulle autour de vous. Tout ce qu'il te lance rebondira dessus. Il essaiera de repriser le lien, mais si vous vous concentrez sur votre bulle, il en sera incapable.

- C'est vrai que ça paraît simple, dit Riley, avec un air de doute.

- L'attaque sur votre bouclier sera fort et vous devrez lutter tout aussi durement pour le garder, avertit Norman. Voilà pourquoi vous devez vous éloigner de lui aussi vite que possible. Rendez-vous chez un voisin. Demandez-leur d'appeler la police.

- Nous devrions avertir la police locale de vous rechercher, dit Russell.

- Ils ne le savent pas encore ? voulut savoir Riley.

- Nous ne connaissions pas l'adresse. La police cherche dans vos dossiers pour trouver vos adresses précédentes. Pouvez-vous nous la donner ?

Riley répondit avec un numéro et un nom de rue, avant d'ajouter :

- La voiture est presque à la maison. Nous serons à l'intérieur dans quelques minutes. Où êtes-vous ?

- Nous nous envolerons vers Portland dans environ dix minutes, lui promit Russell. Nous appellerons la police à l'arrivée et nous rendrons directement où vous vous trouvez.

- OK. Russell...

- Je t'aime, Riley. Je suis toujours avec toi. Tiens bon, chérie.

- Éloignez-vous si vous le pouvez, insista Norman.

Ne restez pas longtemps en sa compagnie. Pensez à la maison, à sa disposition. Ne courez pas vers une porte si une fenêtre est plus proche. Sortez vite. La rue est plus sécuritaire et la maison d'un autre l'est encore plus.

   - Je comprends. J'essaierai. Dépêchez-vous, je vous en prie.

   - Nous faisons au plus vite. Ce ne sera plus long.

Russell envoya une poussée d'énergie le long du lien doré qui les reliait. L'image interne floue de Riley se précisa. Un petit halo se forma autour de son ventre.

   - Pas trop vite, fils. Tu pourrais l'étrangler. Un petit filet à la fois.

   - Je sais, père. Je voulais lui donner une longueur d'avance.

Il ralentit l'énergie à un débit plus régulier pour augmenter sa force du mieux qu'il le pouvait.

L'avion commença sa descente vers l'aéroport international de Portland.

~

L'énergie que Russell fournissait à Riley l'aidait beaucoup ; elle se sentait plus forte, moins zombiesque. Danny maintenait sa conscience emprisonnée dans une igloo, mais elle savait à présent comment en sortir... ou du moins comment essayer. Et elle essaierait. Pour elle. Pour Russell. Pour leur fille. *Je ne ferai plus la timide, petite fille*, dit-elle au germe de vie dans son ventre. *Je nous libérerai.* Riley frissonna. Affronter le frère qui l'avait toujours terrorisée lui donnait la nausée. *Mais si quelque chose arrive au bébé parce que je suis trop lâche, je ne me le pardonnerai jamais.* L'image de sa petite fille impuissante nourrit la résolution de Riley. *Le moment venu, je la protégerai.*

~

- Petite sœur, chantonna la voix menaçante de Danny à travers les murs de sa prison mentale glacée. C'est l'heure de se réveiller.

Elle frémit et l'image se fracassa, la laissant debout dans le bureau de son père. Comme dans son rêve, la pièce avait été saccagée ; des livres usés jonchaient le sol, la porte pendait sur ses pentures inférieures et de profondes entailles marquaient le bureau et le plancher. Riley fut attristée de voir la destruction faite par son frère dans le bureau bien-aimé de son père.

- OK, dit Danny de façon sarcastique, en traînant Riley par le biais d'une grande main serrée sur son bras. Tu dis que tu n'as aucune idée de ce dont je parle ? Tu dis que tu ne me caches rien ? Alors, explique ça !

Il la tira devant une penderie le long du mur adjacent à la porte et l'ouvrit. La porte accordéon glissa sur son rail et pendouilla mollement à côté d'eux. À l'intérieur, derrière une rangée de costumes usés, se trouvait un petit cube de plastique avec un cadenas à combinaison en plein centre.

- Tu vois. C'est un coffre-fort. Qu'est-ce que ton vieux cachait ? Les gens mettent juste leurs biens précieux dans les coffres-forts. Qu'est-ce qu'il y a là-dedans, Riley ? De l'argent ? Des bijoux ? Des armes à feu ?

Riley frémit à l'image de Danny avec un pistolet à la main.

- As-tu vraiment déjà connu mon père ? Il n'aurait jamais possédé une arme. Je ne pense pas qu'il avait de l'argent ou des bijoux non plus. Regarde bien, Danny. Le taux d'humidité est stabilisé. Si tu m'as sortie de mon lit au milieu de la nuit pour une boîte de cigares...

- Peu importe. Ouvre-le, répliqua Danny, en poussant Riley vers l'avant.

- Comment veux-tu que je l'ouvre ? Je ne connais pas la combinaison. Je n'ai jamais vu ce coffre-fort de ma vie.

Elle ancra ses talons au sol et résista contre ses secousses.

- Menteuse. Ton père te disait tout. Tu vivais pratiquement dans cette pièce.

- Ouais. Tu vois ce fauteuil dans le coin ? Je m'y assoyais pour lire. Je ne fouinais pas dans les trucs de papa. D'ailleurs, je n'étais ici que pour m'éloigner de toi.

- Ouvre-le, grinça Danny entre ses dents.

- Je te le dis, Danny, tu aurais intérêt à utiliser l'argent de l'assurance-vie de papa pour engager un serrurier. Je ne connais pas la combinaison.

La pression dans la tête de Riley augmenta jusqu'à ce que ses oreilles bourdonnent.

- Le bruit ne t'aidera pas, Danny, hurla-t-elle par-dessus le bruit des milliers d'abeilles, je ne connais pas la combinaison. Si tu me tortures et me menaces, je ne saurai toujours pas la combinaison.

- Et si je t'ouvrais ?

La tête de Riley vibrait si fort qu'elle ne voyait plus. La pièce était floue. Elle parvint à voir son frère sortir quelque chose de sa poche et l'agiter dans sa direction.

Un couteau, réalisa-t-elle, et son cœur se mit à battre si fort que sa poitrine était douloureuse.

- Où devrais-je commencer ? Ton petit doigt ? Ou aimerais-tu avoir une césarienne ? proposa-t-il en pointant son ventre.

- Connard, siffla Riley. Tu n'oseras pas.

- Petite sœur, chuchota-t-il et ses paroles se perdirent dans le bourdonnement qui remplissait son cerveau, penses-tu sincèrement que je n'oserais *pas* ? Maintenant, ouvre-le.

C'est le moment, Riley. Tu n'auras pas de seconde chance. Malgré la tension qui lui donnait envie de vomir, elle inspira profondément.

- Tu gagnes, Danny. Mais tu dois relâcher la

pression. Je ne vois rien, c'est impossible de me concentrer.

- OK, dit-il, d'un air subitement jovial.

Un sourire avenant illumina son visage. *Es-tu vraiment aussi cinglé ou t'essaies simplement de m'effrayer ?* La pression dans sa tête s'estompa. Même si elle sentait encore sa force vitale se vider à travers ce lien noir affreux qu'elle pouvait presque voir s'étirer de son dos au ventre de Danny, elle arrivait à bouger plus librement. Et Russell déversait un flot continu d'énergie en elle pour compenser ce que Danny lui volait. Elle se dirigea droit vers le coffre-fort et tomba à genoux. Comme elle l'espérait, Danny s'agenouilla derrière elle pour regarder par-dessus son épaule pendant qu'elle tendait la main vers le cadenas. Son emprise sur son esprit diminua. Sa tête se trouvait exactement derrière la sienne.

D'un rapide coup sec, Riley rejeta la tête en arrière pour que son crâne fracasse le nez de Danny. Elle serra les poings ensemble et lui assena un violent coup de coude dans les côtes. Bondissant sur ses pieds, elle se précipita vers la porte brisée du bureau.

Le lien, bon sang, ou il te possédera pour l'éternité. Elle s'imagina une épée brûlante à la main, un truc que seul un ange pourrait soulever, et coupa le tube noir qui les reliait, rompant leur lien. Ensuite, elle courut à toute vitesse dans le couloir, vers le devant de la maison. *Je dois sortir. Je dois me rendre chez les voisins. Seigneur, je vous en prie, faites que je sois à la maison.*

La porte se profila devant elle, sortie de nulle part, et elle passa tout près de s'y écraser le visage. Le souffle rauque dans sa poitrine lourde, elle cafouilla avec le verrou. Puis, une pression douloureuse sur son cuir chevelu la tira vers l'arrière.

- Non ! hurla-t-elle, en essayant de griffer les doigts entremêlés dans sa chevelure. Non, Danny, arrête !

Elle se tordait les épaules d'un côté à l'autre. Elle

sentait également la conscience de Danny se glisser et ramper comme une anguille autour de son esprit. Elle réalisa à cet instant qu'elle n'avait pas levé de bouclier pour se protéger. De là, ce fut facile pour lui de se rebrancher. Une pression plus douloureuse que jamais menaça de sectionner ses tympans, l'exacte sensation ressentir lorsqu'on descendait trop profondément dans l'eau. Riley se prit les oreilles à deux mains en criant. La douleur augmenta. Ses yeux et ses tempes palpitaient. *Il va me tuer. Il fera exploser mon cerveau.*

Profondément en elle, une vie remua, un frétillement comme si un papillon la chatouillait de l'intérieur avec ses petits membres. *Je dois vivre. Je dois protéger mon bébé.*

Sans prendre le temps d'y réfléchir, Riley laissa sa conscience glisser le long du lien jusque dans l'esprit de Danny. Malgré tout le temps qu'elle passait à réfléchir en tandem avec Russell, rien n'aurait pu la préparer à la pagaille qu'elle trouva dans la tête de son frère. Aucun lien, aucun flot dans ses pensées. L'énergie en émergeait et se déversait comme des eaux usées autour des canalisations percées. Son esprit n'était qu'un bourbier sombre de conscience délabrée et de pensées décousues. Riley se sentit nauséeuse. *Avec toute cette pagaille dans sa tête, ce n'est pas étonnant que Danny soit cinglé.* Elle comprit vaguement que son corps la lâchait. Elle manquait de temps. C'était Danny ou sa fille et elle sut étrangement ce qu'elle devait faire. L'épée des anges réapparut dans sa main mentale et elle frappa, brisant ainsi leur lien et des bouts de son esprit.

À présent, c'était Danny qui hurlait. Riley ne s'arrêta pas. Elle agita l'épée dans tous les sens dans son esprit pour la réduire à des rubans, jusqu'à ce que les mains de Danny relâchent ses cheveux. Elle s'extirpa pour revenir dans la réalité, non pas sans se servir de l'épée une dernière fois pour couper le lien entre eux et consolider son extrémité. Ensuite, elle s'enveloppa dans une bulle protectrice. Une fois de plus, elle se tourna vers la porte, mais elle rencontra une masse solide, une qui voulait l'atteindre et l'engloutir. Encore secouée, les membres faibles et engourdis, elle lutta pour se libérer.

- Riley, gronda une voix familière et apaisante dans son oreille.

L'odeur invitante et propre à la sécurité la submergea. Dans le sillage de toute cette terreur, elle se mit à trembler violemment et s'effondra mollement dans les bras de Russell.

- Je te tiens, ma douce. Je te tiens, murmura-t-il, en la berçant.

Riley sentait des gens s'agiter autour d'elle et le bourdonnement sourd des conversations montait et descendait sans qu'elle ne puisse enregistrer quoi que ce soit. Tout ce qu'elle ressentait, tout ce qu'elle avait en tête, c'était les bras de Russell autour d'elle qui la serraient.

Un des corps s'approcha et elle voulut broncher sans y arriver.

- Que s'est-il passé ? demanda la voix de Russell.

- Son frère... a été conduit à l'hôpital, répondit une autre voix ; Riley crut que c'était le père de Russell, mais elle ne pouvait en être sûre.

- À... Pourquoi ?

- À notre arrivée, il se tenait dans le couloir un peu plus loin. Debout, les yeux dans le vide. Russell, elle a fracassé son esprit.

La main de Russell dessinait des cercles sur le dos de Riley.

- Elle doit avoir une raison.

- Je le pense également. Il avait un couteau à la main.

- Tu ne pourrais lui en tenir rigueur, n'est-ce pas ?

Norman – elle était maintenant certaine que le père de Russell se tenait parmi eux – rit, d'un ricanement sans humour.

- Toute personne qui menace le petit sera tué par la mère. Riley n'est pas une femme violente et il a été retrouvé couvert de sang, le nez cassé et l'esprit détruit. S'il a incité autant de rage en elle, il mérite certainement ce qu'il a reçu. Mais j'espère qu'en temps voulu, elle nous laissera l'aider à passer à travers cette épreuve. Ce ne sera pas facile pour elle.

- Elle a risqué sa vie et attaqué un homme violent et dangereux pour protéger notre bébé, souligna Russell.

Un contact chaud au-dessus de sa tête ressemblait en tout point à un baiser.

- Je sais, fils. Nous discuterons plus tard. Pour l'instant, serre-la et rassure-la. Elle a besoin de toi.

- D'accord, père. Viens, Riley. Tu dois t'asseoir. Tu trembles comme une feuille.

Il relâcha son emprise pour la conduire jusqu'au salon adjacent, mais ses jambes cédèrent et la noirceur se referma sur elle. Tout en s'effondrant, elle crut entendre Russell s'exclamer : « Oh, merde ». Et elle s'évanouit.

CHAPITRE 17

*L*a lumière du jour filtrait à travers les paupières fermées de Riley et la taquinait. Elle ferma encore plus les paupières et se tourna de l'autre côté en grognant.

- Bon retour, belle au bois dormant, chuchota Russell dans son oreille.

Elle ouvrit subitement les yeux et grogna à nouveau au moment où la lumière la frappa de plein fouet.

- Où suis-je ?

- Je suis presque sûr que c'est la chambre dans laquelle tu as grandi. J'ai regardé dans les autres pièces et je me suis dit que tu ne serais pas à l'aise de dormir dans ce qui semblait être la chambre de ton père, donc je t'ai portée jusqu'ici. Les affiches de cowboys t'ont vendue.

- Oh bon sang, gémit Riley. J'ai décoré cette pièce quand j'avais quatorze ans et n'ai jamais rien changé, d'accord ?

- Sur la défensive ? taquina Russ. Je pense que j'aime dormir avec tous ces hommes à moitié nu qui me fixent... mais non ! Pas étonnant que tu étais aussi impatiente d'avoir des relations sexuelles, petite coquine.

- Ferme-la, marmonna-t-elle en enfonçant son visage dans l'oreiller. Tu ne te plaignais pas.

- Non, acquiesça-t-il, avec un baiser sur sa nuque. Aucun homme ne se plaindrait d'avoir le privilège d'enseigner le sexe à une magnifique femme aimante.

Sa main emprisonna son sein et son érection matinale se pressait contre ses fesses. Soudainement, le caractère inadéquat de la situation frappa Riley.

- Attends, que se passe-t-il ? Pourquoi sommes-nous couchés paisiblement dans ce lit ? Où diable est Danny ?

- Parti pour de bon. Il a été arrêté, quoique je ne crois pas qu'il se rendra au procès.

- Quoi ? s'exclama-t-elle, car elle ne suivait pas du tout ce que Russ lui expliquait.

- Riley, que te souviens-tu de la journée d'hier ?

- Est-ce nécessaire ? s'enquit-elle, les yeux clos.

- Oui. Ne refoule pas la réalité, chérie.

- Danny m'a conduite ici, répondit-elle, dans un soupir. Il y a un coffre-fort à taux d'humidité stable dans le bureau de mon père. Il pensait que je connaissais la combinaison, même si je ne l'avais jamais vu. Au lieu d'essayer de l'ouvrir, je me suis battue avec lui. J'ai coupé le lien et essayé de fuir, mais il m'a rattrapée. Je pense qu'il a essayé de me tuer en utilisant son esprit. Je ne connais pas d'autres moyens de le décrire.

Elle déglutit péniblement contre la nausée.

- Qu'as-tu fait ensuite ? demanda Russ, en lui caressant le bras du bout des doigts.

- J'ai suivi le lien dans son esprit et... Eh bien, je ne sais pas trop. Je me suis imaginée en train de le couper avec une épée. Est-ce que ça a fonctionné ? Ou êtes-vous arrivés in extremis ? Je ne me souviens plus de la suite.

- Oui. Ça a fonctionné. Tu as détruit ce qui restait de sa santé mentale, Riley. Il ne pourra plus jamais te faire de mal. Son meilleur espoir est de passer le reste de son existence dans un hôpital pour les criminels aliénés. Père l'a observé rapidement et il est presque certain qu'il ne pourra plus jamais s'occuper de lui, encore moins déranger quelqu'un. Et n'en parle à personne, mais je pense qu'il a peut-être endommagé dans l'esprit de Danny ce qui lui donnait le don de dreamwalker, pour plus de sécurité. C'est illégal, mais, étant donné les circonstances, je pense que personne ne blâmerait mon père.

- Je pourrais aussi bien l'avoir tué, dit doucement Riley, consternée par les répercussions horribles de son supplice.

- C'est vrai. Mais comme tuer quelqu'un en légitime défense, ce que tu as fait était justifié. Personne n'est fâché après toi, Riley. Tu as été courageuse. Tu t'es protégée, ainsi que notre bébé, de lui.

Sa main avait cessé de palper son sein depuis un bail. À présent, il avait une main posée sur son ventre. Cette petite sensation voleta en elle à nouveau. Russ inspira vivement.

- Oh, wow. Riley, chérie... veux-tu m'épouser ?

Riley resta étonnée quelques secondes.

- Je pensais que nous étions déjà mariés, dit-elle, avant de réfléchir un petit moment. Oh ouais, nous le sommes sans l'être, pas vrai ?

- Oui, acquiesça Russell d'une oreille, leur fille bougeait sous sa main.

- Russell... penses-tu que ton père le ferait ?

- Ferait quoi ? Nous marier ?

- Oui.

Russell déposa un baiser sur sa tempe.

- Riley, je t'aime, dit-il, et ils partagèrent la joie que sa suggestion avait causé.

Elle se tourna vers lui et regarda son visage bien-aimé.

- Je t'aime, Russell. Je t'aime tellement.

Elle attira ses lèvres sur les siennes. Mais elle se retira rapidement, gênée.

- J'ai besoin de me brosser les dents.

- OK, acquiesça Russell aisément. Penses-tu qu'il y a des brosses à dents quelque part ici ?

- Oui. J'en avais toujours quelques-unes au cas où une amie resterait à dormir. Je doute que ça aurait intéressé Danny.

Russell fit une grimace.

- Il dégageait une puanteur sans fin. Je suis sûr que tu as raison. Il est temps de se nettoyer et de s'habiller. Ensuite, nous pourrons décider de la suite.

- OK.

Elle se leva maladroitement du lit et grogna. Chaque articulation, chaque muscle lui faisait mal. Elle tituba jusqu'à la salle de bains où, bien entendu, six brosses à dents l'attendaient dans leur emballage. Elle en ouvrit une, ajouta de la pâte à dents d'un tube probablement expiré, mais encore scellé, et la plongea dans sa bouche dans un soupir soulagé. Et, à ce moment, elle se vit dans le miroir. Ses cheveux regardaient dans toutes les directions, son visage portait les traces de l'oreiller et son pyjama était sale et fripé. *Je n'ai rien d'autre que ce que je porte en ce moment. Je me demande s'il me reste des vêtements dans la penderie. Je me demande s'ils t'iront encore, petite.* Elle se caressa le ventre tout en se brossant les dents.

Russell la rejoignit et elle lui indiqua la pharmacie. Pendant qu'il brossait, elle cracha et retourna dans la chambre, ouvrit la penderie et ne trouva qu'une seule possibilité : une robe soleil fleurie avec un haut moulant et une jupe ample. L'ensemble lui allait à peine et, bien sûr, elle ne trouva aucun sous-vêtement pour accommoder sa silhouette en plein changement. Dans un haussement d'épaules, elle jeta le chandail boutonné sur ses bras et enfila des pantoufles.

Russell revint dans la pièce.

- Riley, chérie, connais-tu un avocat ?

- Oui. Le meilleur ami de mon père en est un. Il s'est occupé de son testament. Pourquoi ?

- Je pense que tu devrais le contacter. Raconte-lui ce qui est arrivé avec Danny et essaie de faire déclarer invalide ce que tu as signé pour mettre la main sur l'héritage. Tu pourrais... tu pourrais revenir ici. Habiter dans la maison familiale.

Riley y réfléchit, mais fit non de la tête.

- Non. J'ai de bons souvenirs ici, mais beaucoup de mauvais aussi. Surtout maintenant. D'ailleurs, Golden est mon chez-moi. J'adore y être. Je n'ai pas l'intention de te quitter et je n'oserais pas te demander de vivre aussi loin de ta famille. Je préfère vendre la maison. Peut-être qu'une autre famille pourra remplacer la mauvaise énergie avec des souvenirs positifs.

- Donc, tu rentres définitivement à la maison ? s'enquit-il, de façon un peu vulnérable.

Elle se blottit dans ses bras et l'attira contre elle pour terminer le baiser débuté plus tôt.

- Définitivement.

Pendant un long moment, le couple s'abstint de parler, juste heureux de se retrouver après cette séparation imprévue.

L'étreinte se relâcha peu à peu, faisant place aux mains baladeuses qui se glissèrent sous les vêtements. Russell attrapa le chandail sur les épaules de Riley et le laissa tomber sur le sol. Ensuite, les bretelles larges de sa robe soleil se rendirent sous ses doigts et il la fit glisser vers le bas, libérant ses seins.

- Allez, le pressa Riley, en l'attirant vers le lit.

Il se débarrassa de ses vêtements avant de la rejoindre. Elle lui prit les mains et les déposa sur ses seins.

- Touche-moi.

Russell revendiqua ses lèvres, en palpant doucement les globes gonflés entre ses doigts avant de les déplacer pour jouer avec ses mamelons avec ses pouces. Cette douce stimulation fit soupirer Riley, elle sentit son entrejambe s'humidifier. *Je le désire tellement.* Elle arqua les hanches contre lui et ses mains se glissèrent jusqu'à ses fesses pour l'obliger à se presser contre elle. Russell grogna.

- Doucement, Riley.

- Je te veux, supplia-t-elle, puis elle lâcha son derrière pour prendre son pénis et commencer de rapides va-et-vient avec ses mains.

- Oooh, ma douce.

À l'aide d'une main, il lui prit les mains, les épingla au-dessus de sa tête, la fit rouler sur le dos et enfourcha ses genoux.

- Russell..., gémit-elle.

- Chut, mon amour. J'étais tellement inquiet pour toi. Je vais me délecter de chaque centimètre de ta peau, en commençant par ces jolis seins.

Il baissa la tête et attrapa un mamelon entre ses dents, tout en le léchant du bout de la langue. Riley échappa un soupir de plaisir, puis un autre quand il s'occupa de l'autre côté. Elle se tortilla, mais il la retint fermement, il insistait pour qu'elle accepte ses caresses sans lui rendre la pareille.

Ensuite, d'un mouvement vif, il la relâcha et souleva sa jupe sur sa taille pour écarter ses cuisses.

- Ohhhh, gémit-elle, certaine de ce qui suivrait.

Comme de fait, les doigts de Russell se glissèrent dans sa moiteur, écarta ses lèvres et plongea dans son puits. Le gémissement de Riley se transforma en cri aigu au moment où sa bouche se referma autour de son clitoris.

- C'est ça, chérie. Crie pour moi. Je vais te faire jouir très fort. Il inséra un deuxième doigt en elle et se mit au travail.

Riley plia les orteils sur les draps pendant que son homme utilisait ses talents pour la satisfaire. Il lécha et taquina le bouton sensible tout en chatouillant son point G.

La tension gonfla en Riley et la rapprocha du

septième ciel promis. Elle cria, gémit, sanglota, mais ne fit aucune tentative de lutter contre le plaisir. Russell déversa son amour sur elle, non seulement de par son talent pour le sexe, mais avec son esprit également, en la nourrissant d'une lumière dorée sur les parties fragmentées de sa psyché. Le plaisir et l'amour se répandirent en elle, la serrèrent de plus en plus jusqu'à ce que l'extase se libèrent et qu'elle soit entière, guérie et heureuse ; la noirceur bannie de son âme.

C'est à ce moment que Russell choisit de retirer ses doigts, de la déshabiller entièrement et de la faire mettre à quatre pattes. Elle déposa son poids sur ses coudes et présenta son sexe encore serré à son ours, impatiente de s'accoupler avec lui. Les grandes mains de Russell capturèrent ses hanches. Il poussa durement et Riley sentit sa grosse érection l'étirer, ce qui la fit crier dans les couvertures. Ses poussées rythmées rallumèrent son orgasme en déclin et la laissèrent gémissante d'extase, le visage enfoncé dans les draps qui sentaient son homme. Elle. Leur amour. Avec ses va-et-vient, il bougeait avec grâce, satisfaisait son corps et nourrissait son âme du même coup, jusqu'à ce qu'avec un rugissement capable de faire éclater le verre, il éjacula et déversa son essence de vie en elle.

Par la suite, il la déposa tendrement sur le lit et se coucha en cuillère derrière elle.

- Je t'aime Riley, grommela-t-il, le bras posé sur son flanc, sa main caressant son ventre.

- Mmmm, marmonna-t-elle, complètement détendue, les douleurs reliées à son supplice s'estompaient et de longues minutes s'écoulèrent avant qu'elle n'ouvre la bouche à nouveau. Russell ?

- Oui, chérie ?

- J'ai besoin d'une douche.

- Moi aussi. Toi d'abord.

- Non, vas-y. J'ai envie de rester étendue encore un peu.

Il se mit à rire, lui donna un baiser sur la joue et se leva du lit.

~

Russell leva les yeux du livre qu'il lisait, assis confortablement sur un canapé qu'il avait trouvé dans le salon. Malgré le chaos qu'avait laissé Danny dans la maison jadis douillette, quelques endroits restaient habitables. L'estomac de Russell gronda. *Je dois trouver un truc à manger bientôt. Il n'y a rien de bon dans la cuisine et je parie que la pauvre Riley meurt de faim.* Mais, premièrement, il avait un truc urgent, important, qu'il voulait partager avec elle. Il croisa son regard et, en un claquement de doigt, il était dur à nouveau, prêt à la pencher au-dessus du sofa pour la prendre encore et encore. Savoir qu'elle était nue sous la robe soleil moulante le torturait. *Couchez,* s'ordonna-t-il farouchement. *Tu as toute la vie devant toi pour prendre ta dame. Donne-lui une minute pour respirer. Nous avons des choses plus importantes à faire pour le moment.*

- Riley, tu as dit que ton frère voulait la combinaison du coffre-fort dans le bureau de ton père, non ?

- Oui, répondit-elle, en tortillant une mèche humide autour de son doigt. Mais je ne sais pas ce que c'est. Je ne savais même pas que mon père avait un coffre-fort.

- Savais-tu que Danny avait pris le livre de ton père ?

Elle secoua la tête.

- Il a effacé les herbes de protection autour de la maison et sous le lit et il a volé mon oreiller. J'étais trop épuisée pour remarquer, tu te souviens ? Donc, le temps qu'il m'enlève, il m'avait plongée tellement profondément dans le rêve que je n'avais aucune idée de ce qu'il se passait. Je me suis réveillée dans ton avion. Pourquoi l'aurait-il pris ? C'est juste un vieux livre poussiéreux.

- Même s'il est fou, Danny n'est pas stupide. Oui,

c'est un vieux livre poussiéreux. Gribouillé de notes dans les marges. Je parie qu'il espérait, si tu ne pouvais ou ne voulais pas l'aider, trouver la combinaison dans ces pages. As-tu remarqué qu'il avait déchiré chaque livre sur les étagères dans le bureau ?

- En effet, maintenant que tu le dis.

- Est-ce que ton père était du genre à se souvenir facilement ou devait-il tout écrire ?

- Oh, il écrivait des notes sur tout. Il disait toujours qu'une note mentale ne valait pas le papier sur lequel on l'écrivait, expliqua-t-elle, dans un petit ricanement mélancolique à ce souvenir. Il écrivait des notes pour se rappeler où il avait caché ses notes. Pourquoi ?

- Donc, c'est logique de croire qu'il aurait écrit la combinaison de son coffre-fort, non ?

- Oh oui, acquiesça Riley, puis ses yeux s'écarquillèrent. Penses-tu que c'est dans le livre ?

- C'est logique. C'était son préféré, non ? Je parie qu'il l'avait toujours à la main.

- Tout à fait, dit Riley, en s'approchant. Toujours.

- Et, sur la page 252, j'ai trouvé une série étrange de trois numéros.

Il lui tendit le livre. Elle regarda dans la marge supérieure droite et ses yeux s'illuminèrent.

- Penses-tu que ce sont les bons ?

- On va le découvrir ?

- Oh oui ! s'exclama Riley en tapant des mains.

Russ se leva du canapé et prit Riley par la main. Ensemble, ils entrèrent dans le bureau. Russell s'agenouilla devant le coffre-fort et avança les mains.

- À toi l'honneur ?

Elle secoua la tête.

- Je suis presque morte pour ce qui se trouve dans ce coffre-fort. C'est au-dessus de mes forces d'y toucher.

- Très bien.

Il tourna le verrou jusqu'au trente-sept. Ensuite, il fit un tour jusqu'à s'arrêter sur le cinq. Et, pour finir, il se rendit directement sur le vingt-trois, avant de tirer sur la poignée. La porte s'ouvrit. Russell resta sous le choc. Riley, à quatre pattes pour l'observer, se laissa tomber sur son postérieur, en riant aux éclats.

Dans le coffre-fort se trouvaient deux vieux livres usés avec des gravures estompées de feuilles d'or. L'un semblait être une bible désuète qui comportait des archives familiales sur l'intérieur de la couverture. L'autre était une copie de *Le voyage du pèlerin*, signé par Billy Graham. Quoique les deux soient des trésors personnels, aucun ne revêtait une valeur monétaire particulière. Russell doutait que l'ensemble ne vaille plus de deux cents dollars.

- Voilà ce qu'il voulait ? demanda-t-il, ébahi.

Riley en resta muette, mais elle hocha la tête vigoureusement.

- Je reprends ce que j'ai dit. Ton frère était un idiot après tout.

Un grognement creux fit trembler le torse de Russell. Il gargouilla dans sa gorge et se déversa de sa bouche dans un rugissement, un rire ursin. Il serra Riley contre lui et le couple rit et rit jusqu'à en pleurer.

ÉPILOGUE

L'été fit enfin fondre la neige qui recouvrait le village athapascan. Les fleurs des champs fleurissaient à profusion entre les maisons et dans les terrains vagues, s'étirant à l'horizon dans toutes les directions. Devant une beauté naturelle aussi parfaite, toute ornementation supplémentaire pourrait sembler tape à l'œil ou, du moins, c'est ce que pensait Riley en se tenant devant le ruisseau. Derrière elle, des natifs et des ours-garous dans leur forme humaine se rassemblaient en demi-cercle. À la gauche de Riley, Nasnanna, qui était rapidement devenue une amie proche, se tenait en rang, dans une robe blanche brodée à franges par-dessus un legging assorti, avec son bébé posé sur sa hanche. À sa droite, Russell lui souriait, superbe dans un pantalon kaki moulant ses cuisses musculaires, un chandail blanc et une veste en daim avec des franges, également brodé, avec beaucoup de perles. Son frère, vêtu de façon très similaire, attendait derrière lui. Une brise fraîche, émanant le pin et les fleurs, descendit d'une montagne au loin et remua les chevelures et les robes des invités. Riley resserra la bretelle de son épaule autour d'elle. En-dessous, les bretelles en dentelle de sa robe ample mi-longue n'offrait aucune protection contre le froid. Malgré la température fraîche, elle ne put s'empêcher de sourire tandis qu'elle glissait un anneau simple en or du Yukon sur l'annulaire de Russell. Son père parla, entonnant des mots que Riley ne se souviendrait jamais. Rien d'autre ne lui importait que l'amour dans ses yeux. L'assurance de sa voix quand il prononça ses vœux, des vœux qui ne voulaient rien dire, leur engagement était clair depuis déjà longtemps. Elle savait que la chaleur de sa main, qui reflétait la chaleur du soleil sur sa tête, défiait la brise glacée. Elle connaissait le poids de leur enfant dans son ventre, une lourdeur qui se tortillait et la remplissait d'un émerveillement sans fin. Elle avait appris les vraies définitions des mots paix, sécurité et amour pour la première fois de sa vie grâce à cet homme.

Russell se pencha vers sa silhouette qui s'élargissait et l'embrassa sur les lèvres, scellant ainsi leurs vœux. Des acclamations et des rugissements éruptèrent autour d'eux.

Riley n'avait jamais douté de sa décision de vendre sa maison d'enfance et cet instant confirma ce qu'elle avait toujours su. Les acheteurs, un couple qui avait adopté leurs deux petites-filles, avaient été ravis d'obtenir une maison familiale douillette à un bon prix. Et Riley, après avoir ouvert un compte pour fournir à son frère une place dans un foyer, avait été heureuse de placer le reste des économies pour l'avenir de son bébé. La petite fille, qu'ils avaient décidé de nommer Skye Angelica, pourrait choisir n'importe quelle université dans le pays, tout comme les frères et sœurs que l'avenir leur réservait. *Plus de bébés... J'espère que Russ en veut quelques-uns.* Riley les imaginait, blottis sur le canapé aux accoudoirs en bois, sous une couverture à manger du maïs soufflé et hurler devant des films d'horreur ridicules. Elle renifla et Russell se tourna pour faire face à sa famille. Riley porta la main à sa gorge et toucha le collier ras-de-cou en coquilles de dentalium et en-dessous la chaîne mince qui supportait son amulette de jaspe noir. Après leur retour de Portland, Russell l'avait trouvée dans un coin, ce qui expliquait enfin comment Danny avait réussi à entrer aussi profondément dans l'esprit de Riley.

Elle repoussa cette pensée indésirable et sourit devant les invités de leur mariage. Tellement de choses avaient changé depuis son arrivé en Alaska, que du mieux. À présent, à l'orée d'une nouvelle aventure, Riley avait enfin trouvé sa place.

Cher lecteur, lectrice,

J'espère que vous avez apprécié votre aventure dans la région sauvage de l'Alaska avec Riley et Russell. Un couple amusant. Quand ils sont apparus de nulle part en me suppliant d'être couchés sur papier, que pouvais-je faire d'autre que d'accepter ? Et je suis très heureuse de l'avoir fait.

Si vous avez apprécié leur aventure autant que moi, j'aimerais grandement que vous le partagiez avec votre entourage, ainsi qu'en laissant votre évaluation. Un lecteur ne peut pas donner un plus grand cadeau à un auteur qu'un avis honnête.

Pour ce qui est du contexte de cette histoire, j'ai accompli un tas de recherches sur le peuple athapascan pour donner vie à la famille de Russell. Bien entendu, son groupe en particulier habite dans un coin isolé, à cause de son alliance avec les ours-garous, donc toute différence entre eux et des groupes mieux connus en est certainement la cause.

Les renseignements sur les phénomènes psychiques, la télépathie, les liens et les dreamwalkers me viennent d'une bonne amie qui a littéralement écrit le livre sur le sujet. Pour l'information dans une forme non romanesque, cherchez le livre Empath Basics par Sandra Martinez. Une lecture fascinante et certainement compréhensible, même pour une novice comme moi.

Merci encore pour le temps que vous avez pris à lire mon livre.

Avec tout mon amour,
Simone

Chaleur Polaire
ISBN: 978-4-82410-796-1
Édition De Masse De Poche

Publié par
Next Chapter
1-60-20 Minami-Otsuka
170-0005 Toshima-Ku, Tokyo
+818035793528

6 octobre 2021